미
물
일
기

미물일기

존재하는 모든 것들을 존경해

진고로호 지음

어크로스

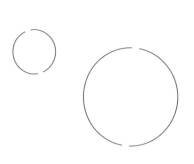

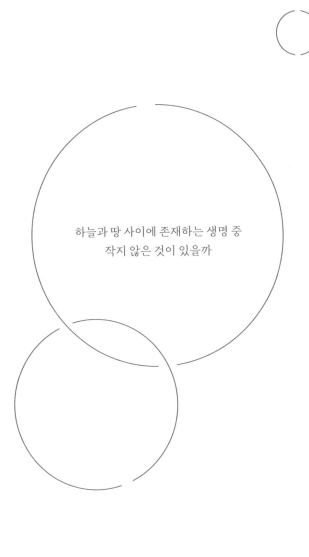

하늘과 땅 사이에 존재하는 생명 중
작지 않은 것이 있을까

....

꽉 움켜쥔 손에 힘이 풀리는 순간

제법 여름의 색감이 묻어나기 시작하는 계절이 왔습니다. 하늘은 쨍하게 파랗고 나무는 하루가 다르게 짙어져 깊은 초록이 되기 직전입니다. 지난 계절의 기억을 떠올리며 봄을 보낼 준비를 할 시간입니다. 이른 3월의 산책길에서 저는 영춘화 덤불을 지날 때마다 눈을 크게 떴습니다. 봄이 개나리와 닮은 노란색 꽃으로 피어나는 첫 장면을 놓치고 싶지 않았거든요. 예년 같으면 진작 폈어야 할 꽃이 올해는 늦어서 조바심이 나려던 어느 날, 덤불 앞에 엄마와 딸로 보이는 두 사람이 멈춰 서 있었습니다. 핸드폰으로 무엇인가의 사진을 찍는 얼굴에 잔잔한 미소가 어렸습니다. 꽃이 폈다는 것을 바로 알 수 있었습니다. 그들의 설렘이 전해져 저도 발걸음을 재촉해 꽃을 마주했습니다. 집에 돌아와 일기장에 영춘화를 처음 본 날짜를 적었습니다. 봄의 기억을 살펴보니 노란 꽃과 함께 꽃보다 먼저 봄을 알려준 두 사람이 생각났습니다.

'미물일기'라는 제목은 제가 일상에서 작은 생명들과 마주치던 순간을 기록한 일기에서 따왔습니다. 지렁이를 맨손으로 잡고 있는 광경을 다른 이에게 들켜버린 날, 집 안 어디선가 기어 나온 애벌레들을 휴지로 눌러 죽인 날, 호숫가를 따라 나 있는 나무에 꽃이 핀 날, 처음 보는 새의 이름을 알고 싶어진 날이면 글이 쓰고 싶었습니다. 저는 그들을 미물이라 불렀습니다. 처음에 그것들은 너무 멀리 있거나 너무 가까이 있어 보이지 않았습니다. 바쁘게 목적지를 향해 걷는 동안 그저 배경이었던 존재들이, 천천히 움직이며 주위를 살피면 눈에, 그리고 마음에 담기는 일이 신기했습니다.

작고 꿈틀댔으며 낯설고 때로는 징그럽기도 했습니다. 간혹 살아 있다는 사실을 잊어버리는 일도 있었지만 바라볼수록 날개가 있거나 다리가 여러 개 달린 혹은 뿌리를 내리고 열매를 맺는 각기 다른 그들 안에 그저 한 생이 있을 뿐이었습니다. 인간의 말은 아니지만 존재 자체로 외치는 소리가 들리는 듯했습니다. "나도 살아 있어, 너처럼!"

살아 있다는 동질감 때문일까요? 언젠가부터 그들에게서 나를 발견했습니다. 연약하지만 강인하고, 작고 하찮게 느껴지면서도 대단하고, 답답해 보이면서도 포기하지 않는 그런 모습이요. 미물에 대한 일기가 쌓여 갈수록 하늘과 땅 사이에 존재하는 생명 중 작지 않은 것이 있을까 하는 생각이 들었습니다. 우주적 관점에서 우리 모두는 먼지에 불과한 것처럼요. 이 책은 자신은 미물이 아닌 줄 아는 한 미물이 쓴 일기라고 부르는 것이 더 정확할지도 모르겠습니다.

많은 사람들이 그러하듯 저도 살아 있다는 것만으로는 쉽게 만족하지 못하는 피곤한 영혼입니다. 세상이 좋다고 하는 것, 그래서 내 눈에도 좋아 보이는 것을 손 안에 꽉 쥐고 내 것으로 만들고 싶어 합니다. 양손에 힘을 준 채로 우리가 만들어놓은 것들 속에서 이따금 길을 잃어버립니다. 새로 깔아 말끔한 보도블록 틈에서 솟아난 풀을 발견할 때, 예전에는 무서워하던 곤충을 가까이 바라볼 수 있게 되거나, 어제만 해도 들리지 않던 개개비의 울음소리를 듣고 계절이 바뀌고 있음을 알아차릴 때면 이상하게도 손바닥이 빨갛게 파일 때까지 세게 움켜쥔 손에 힘이 풀렸습니다. 펼친 손가락 사이로 바람이 불었고 손끝에 막 돋아난 버드나무 이파리가 부드럽게 스쳤습니다. 그럼 새로 길을 찾아 나설 용기가 생겼습니다. 전보다 가벼워진 손을 흔들면서요. 크고 가격이 확실한 것이 중요한 세상임이 분명하지만 너무 작아 눈에 잘 띄지도 않는 것, 가격을 매길 수 없는 것들이 힘이 된다는 사실을 알게 됐습니다.

저는 이제 봄을 보낼 준비를 마치고 《미물일기》를 펼치게 될 분들을 생각합니다. 첫 문장을 읽자마자 몰입하여 단숨에 책을 읽어냈다는 말은 글쓴이에게 더할 나위 없는 찬사이지만, 이 책은 혹여 앉은자리에서 끝까지 읽고 싶은 마음이 들더라도 자주 멈춰주시면 좋겠습니다. 책장을 넘기다 불현듯 항상 그곳에 있지만 제대로 만날 수 없던 세계의 문을 여는 당신을 상상합니다.

지금 거기는 하얀 뭉게구름 아래 능소화가 한창인 여름, 낙엽 냄새 진한 차가운 공기가 뺨을 스치는 가을일까요? 나뭇가지 위에 하얀 눈이 소복하게 쌓인 겨울, 혹은 영춘화가 피고 개구리가 우는 봄일 수도 있겠지요. 어디에 계시든 작은 것들을, 나 자신을, 그리고 살아 있는 생명 앞에서 발걸음을 멈추는 사람들의 미소를 찾아내시길! 다정한 발견이 우리의 계절을 가득 채우길 바랍니다.

여름을 맞이하며
진고로호

차례

1부

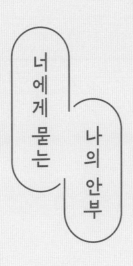

너에게 묻는

나의 안부

아무것도 하지 못할 것 같은
기분이 들면

....

지렁이

한 달 넘게 목과 어깨가 아팠다. 처음 증세가 나타났을 때 금방 나을 수 없을 거라는 느낌이 왔다. 눕고 일어나는 간단한 동작조차 한참을 버둥거려야 했다. 병원에서 주사를, 한의원에서 침을 맞았지만 통증은 사라질 기미가 없었다. 물건을 들고 나르기가 어려워 1년 가까이 다니던 아르바이트도 그만뒀다. 즐겁게 다니던 곳이었다. 이왕 이렇게 됐으니 맘 편히 몸이 회복되기를 기다리며 쉬면 되지 않을까 싶었지만 하필 돈이 들어갈 데가 많은 시기. 따듯한 물주머니로 목을 찜질하다가도, 새로 산 경추 베개에 똑바로 누워 천장을 바라보다가도 걱정이었다. 창작 활동으로 돈을 벌겠다며 직장을 그만둔 지 몇 년이 지났는데 아직도 일정한 수입이 없다니, 난 그동안 뭘 한 걸까?

시간을 허투루 보냈다는 자책과 앞으로도 아무것도 하지 못할 것 같다는 비관이 밀려오기 직전이었다. 신체의 통증이 마음의 통증으로 넘어가려는 순간마다 생각한 것이 있다. 지렁이와 관련된 작은 사건. 비만 오면 땅 위로 기어 나와 말라 죽거나, 사람들의 발에 밟혀 짓눌린 지렁이를 볼 때마다 징그럽다기보다는 안타까웠다. 지렁이는 피부로 호흡하기 때문에 비가 내려 흙 속의 공기가 부족해지면 숨을 쉬기 위해 지상으로 올라온다는 사실을 알게 됐지만 여전히 비 온 뒤 길에서 죽어가는 지렁이를 보면 신경이 쓰였다.

다시 땅속으로 보내줄 수는 없지만 적어도 납작해지는 것만은 보고 싶지 않아 지렁이에 손을 대기 시작했다. 자주 있는 일은 아니고 장마철이 다가오는 이맘때 특히 집중적으로 길 위의 지렁이와 만난다. 지난주에도 한 마리, 바로 이틀 전에도 한 마리를 발견했다. 주머니에 운 좋게 휴지가 있는 날은 휴지로 지렁이를 살짝 잡아서 풀밭으로 옮겼다. 하지만 1년 365일 내내 지렁이만을 생각하며 살 수는 없는 노릇. 주머니에 아무것도 없이 산책을 나왔다가 설탕이 뿌려진 핫도그처럼 끈적거리는 피부에 모래가 묻은 채 몸을 비틀고 있는 지렁이를 만나면 고민에 빠진다. 예전에 지나가던 사람에게 "지렁이를 손으로 잡네, 웬일이야"라는 말을 들은 적이 있어 먼저 주위를 살핀다. 아무도 없군. 그렇다면 이제는 지렁이와의 맨손 대결만 성사시키면 된다.

매끄러운 피부가 촉촉하다. 땅 위로 나온 지 얼마 되지 않은 녀석인지 힘이 장사다. 손아귀에서 몸을 이리 뻗대고 저리 뻗댄다. 얼른 풀밭에 놓아주고는 지렁이를 잡았던 손을 소중하게 허공에 들어 올린 채로 집에 돌아와서 씻는다. 맨손으로 즐기는 지렁이와의 조우가 더 이상 낯설지 않게 되었을 무렵, 그만 어느 할머니에게 그 모습을 들키고 말았다.

"어머, 지렁이를 맨손으로 만지네." 손에 지렁이를 든 상태로 할머니와 눈이 마주쳤다. 이상하다는 시선을 보내지는 않을까 긴장했다. "정말 대단한 사람이네. 나는 여든이 넘었어도 여태껏 지렁이는 맨손으로 못 만지는

데… 어떻게 지렁이를 맨손으로 만져요?"

왜 지렁이 따위를 손으로 잡고 있냐는 뉘앙스가 아니었다. 순도 백 퍼센트의 감탄이었다. "발에 밟힐까 봐서요." 쑥스럽게 웃으며 지렁이를 풀밭에 내려놓고 나서 걸음을 옮기는데도 할머니는 나를 따라왔다. "진짜 대단하네. 징그럽지 않아요? 어쩜 그렇게 지렁이를 잘 만져. 정말 대단하네."

길이 두 갈래로 갈라질 때까지 할머니와 나는 같이 걸었다. 그동안 몸이 좋지 않아 오랜만에 산책을 나왔는데 이런 광경을 보게 돼서 놀랍다는 말을 다시 한번 남기고 할머니는 걷기 편하게 포장된 길로 떠났다. 지렁이를 맨손으로 잡는 일이 누구에게는 대단하게 보일 수도 있구나. 사실 대단하기로 치자면 나는 지렁이에 비할 바가 아니지만.

죽어가는 지렁이를 안타깝게만 여겼지 지렁이에 대해 알고 있는 것은 자웅동체, 눈과 코는 없고 입만 있으며, 토양을 비옥하게 하는 역할을 한다는 정도였다. 지렁이는 피부가 약하고 수분의 증발을 잘 조절하지 못해 빛이 있는 낮이나 날씨가 덥고 건조할 때는 땅속에만 머무른다고 한다. 지표면의 낙엽, 썩은 뿌리 등을 흙 속으로 가져가 섭취하고 배설하는 과정에서 흙과 유기물을 섞어 땅에 영양이 돌게 만들며 그 똥은 농작물 재배에 도움이 된다고. 지렁이는 실로 지구에 없어서는 안될 동물이구나. 대단해!

내게 순수한 경탄을 표해준 할머니도 대단했다. 인간으로 80세가 넘어서까지 생존 중이며, 비록 잠시 건강이 좋지 않았지만 회복해서 다시 산책을 할 수 있으며, 그 연세에도 꾸밈없이 자신과 다른 사람에 대한 애정 어린 호기심을 전하는 점이 대단했다.

퇴직할 때 꿈꿨던 작가로서의 자립을 아직 이루지 못한 데다 자주 아프기까지 한 나지만 맨손으로 지렁이를 만질 수 있지 않은가? (지렁이는 피부 온도가 낮아 사람이 맨손으로 만지면 화상을 입는 듯한 뜨거움을 느낄 수 있다는 이야기를 뒤늦게 들었다. 앞으로는 휴지가 없으면 나뭇잎이나 나뭇가지를 이용해서 옮겨줄 생각이다.) 영원히 아플 것 같고, 영원히 돈을 벌지 못할 것 같고, 영원히 발전이 없을 것 같을 때면 시무룩해도, 힘들고 무력한 시간은 언젠가 지나갈 것임을 기억하고 있지 않은가? 속도는 느리고 곧잘 멈

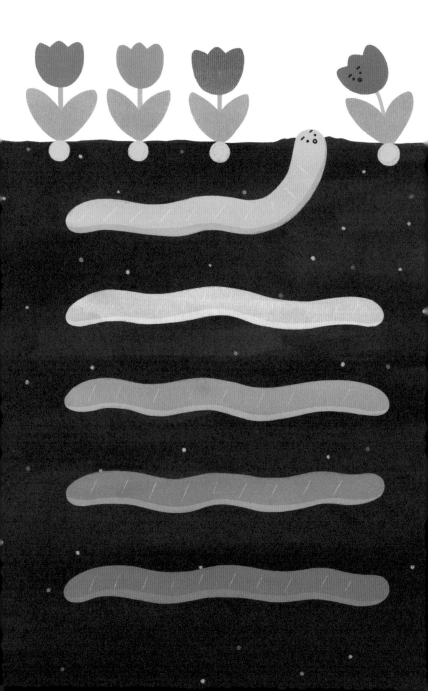

출지라도 내가 하고자 하는 일, 좋아하는 일을 끝까지 해내고 싶다는 의지를 지켜내고 있으니 나 자신에게도 말해주자. "대단해!"

대단한 우리들을 생각했다. 덕분에 한 달 넘게 아무 것도 하지 못하고 돈 걱정을 하면서도 완전하게 좌절하지 않았다. 그러는 사이 시간은 흐르고 목의 통증이 눈에 띄게 좋아졌다. 아직 자주 누워 쉬어야 하지만 책상에 앉아 글을 쓰고 책을 읽을 수 있다. 땅속에서 제 할 일을 해내는 지렁이처럼, 나도 다시 시작해볼까? 꿈틀 꿈틀.

참고도서
최훈근, 《흙속의 보물 지렁이》, 들녘

··

벌레

　　　　　여름내 운전 연습을 열심히 했다. 장롱면
허 20년 차에 처음으로 차가 생기던 전날 밤, 새벽까지
잠을 이루지 못했다. 기뻐서가 아니라 무서워서. 앞으
로 운전을 해야 한다는 생각에 초조했다. 같은 초보운
전인 남편은 도로 연수를 받자마자 바로 차를 끌고 출
근을 하기 시작했는데, 자신을 믿지 못하는 데다 겁이
많은 나는 도로에 나갈 엄두가 나지 않았다. 주말마다
넓고 한적한 공터를 찾아 페달을 밟고 핸들 돌리는 연
습만 한 달. 드디어 도로에 나가던 날은 목에 담이 올 정
도로 긴장을 하고 말았다. 운전대를 움켜쥔 두 손에서

흐르는 것은 땀이 아니라 진액이었고 어찌나 앞을 노려 봤던지 눈이 빨갛게 충혈됐다. 집에 돌아와서는 끙끙대며 앓아누웠지만 포기할 생각은 없었다. 절대 익숙해지지 못할 거라고 단정했던 일들을 전에도 해낸 적이 있으니까. 그중의 하나가 곤충과 친해지기였다.

곤충은 강아지와 고양이, 개구리나 지렁이, 물고기와도 완전히 다른 차원의 생명체다. 너무나 달라서 근원적인 두려움을 느끼게 한다. 정체불명의 까만 벌레가 몸에 붙었다가 사라졌는데 옷 속에 들어간 줄 알고 엉엉 울었고, 가로수 아래를 지날 때마다 송충이가 머리에 떨어질까 봐 미친 듯이 뛰어 도망쳤다. 기분 나쁜 냄새를 내뿜는 노린재가 목에 붙었을 때는 기절할 것만 같았고, 수학여행 때 촛불을 들고 부모님에게 감사한 마음을 떠올리던 시간에 허벅지에 앉은 나방 때문에 비명만 질러댔던, 오랜 시간이 지난 후에 되돌아봐도 여전히 불쾌하고 소름 끼치는 어린 시절의 기억들.

두려움은 일상에 불편을 가져온다. 아무도 없는 집 안에서 커다랗고 까만 바퀴벌레와 마주했을 때 온몸을 타고 흐르는 공포, 그로 인해 발생하는 통제 불가능한 혼란을 생각해보라. 그나마 운전에 대한 두려움은 운전 자체를 하지 않으면 그만이지만 지구 생명체의 다수를 차지하는 곤충을 피할 수 있는 방법은 없다. 이 지구상에 사는 곤충은 약 100만 종, 개체 수로 따지면 1000경 마리가 존재한다고 한다. 이런!! 이 작디작은 것들 때문에 얼마나 많은 인간들이 두려움에 떨고 있는지. 얼마 전에도 바퀴벌레가 출현하는 바람에 급하게 집을 뛰쳐나왔다며 바퀴벌레를 잡아주면 3만 원을 주겠다는 글이 우리 동네 당근마켓에 올라왔었다. 절박함이 가득한 글을 보며 나도 웃고 있을 처지는 아니었다. 벌레를 보면 잡으려고 달려드는 고양이나 벌레를 잘 잡는 남편의 도움이 없었더라면 나도 바퀴벌레 앞에서는 무력하기 매한가지였으니까.

다행히 극한의 벌레 공포증까지는 아니었기에 나이가 들면서 아주 천천히 벌레를 무서워할 필요가 없다는 사실을 의식하려고 노력했다. 최근 몇 년간 흙길을 걷는 산책을 하며 곤충을 볼 기회가 늘면서는 두려움이 확연히 줄었다. 특히 지금 살고 있는 오래된 아파트 1층으로 이사 오면서 벌레들과 친해질 수밖에 없는 상황이 됐다. 얼마나 부자가 되려고 그러는지 돈벌레가 수시로 출몰하고, 다리가 기다란 집유령거미가 틈만 나면 거미줄을 친다. 밖에서 들어온 귀뚜라미와 곱등이, 커다란 바퀴벌레도 본 적이 있고 어릴 때나 봤던 집게벌레도 다시 만났다.

그중에서 가장 무서웠던 것은 돈벌레라고 불리는 그리마. 다리가 너무 많고 움직임이 빠르다. 고양이들이 가끔 벌레를 잡아주지만 살아 있는 것보다 두 동강 난 채로 다리가 우수수 떨어져 죽어 있는 돈벌레가 더 징그럽다.

두려움을 극복하는 데는 익숙해지는 것밖에 방법이 없다. 막 이사를 왔을 무렵에는 새벽에 무방비로 돈벌레와 대면하고 소리를 지르며 남편을 깨웠지만 오랜 시간 같이하다 보니 지금은 능숙하게 벌레잡이 통으로 돈벌레를 잡아 베란다 밖으로 던질 정도의 담력을 갖게 됐다. 현재 우리 집 방충 담당은 나다.

운전도 마찬가지다. 무서워도 하고 하고 또 하는 수밖에 없다. 집에 차가 한 대뿐이라 굳이 내가 운전을 하지 않아도 되지만 운전 연습을 시작한 이상 운전대를 놓으면 안 된다는 것을 알고 있었다. 이번에야말로 운전을 꼭 배워야 했다. 그동안 차가 필요할 때마다 부모님이 시간을 내서 차를 태워줬다. 고양이를 케이지에 넣고 택시를 탈 때면 기사님이 혹시나 고양이를 싫어하는 분이면 어쩌나 싶어 마음이 불편했다. 운전을 하지 못해서 겪었던 생활의 불편과 제약을 떠올리며 각오를 다졌다. 운전할 생각만 하면 식은땀이 나더라도 주말에는 꼭 운전을 했다. 남편이 차로 출근하는 주중에도 감을 잃지 않기 위해 퇴근 시간 무렵 버스를 타고 그의 사무실 앞에 가서 남편을 차에 태우고 집에 돌아오는 정성을 쏟았다.

긴장성 복통을 수없이 겪은 후 맞이한 초보운전 100일째, 그동안은 꿈도 못 꿨던 초행길에 도전했다. 강변북로를 타고 잠실대교를 건너 송파대로를 달리면서 왕왕왕초보로 진땀을 흘렸던 길고 긴 여름날을 떠올렸다. 이것이야말로 백 일의 기적이구나! 오랜만에 맛본 성취감이었다.

'곤충과 친해지기' 도전 과제도 발전이 있었다. 여름 초입에 매미를 손에 올려놓지 못한다고 글을 썼는데 한

동안 자료 삼아 매미 사진을 여러 번 봤더니 어느샌가 내 마음이 매미를 접촉이 불가한 에일리언의 영역에서 터치 가능한 친숙함의 영역으로 새로 분류했나 보다. 아직 기운이 있어 움찔거리는 참매미와 말매미를 손바닥에 올려 풀숲으로 옮겨주는 쾌거를 이뤄냈다. 어깨 위에 날아와 앉은 풍뎅이도 자연스럽게 잡아서 날려 보내줬다. 예전 같았다면 윙 소리를 내는 묵직한 곤충의 기척만 느껴져도 광란의 탭댄스를 추면서 오두방정을 떨었을 텐데 침착하게 손을 뻗어 풍뎅이를 잡는 모습이 대견할 정도였다.

처음부터 운전도 수월하게 하고, 벌레도 아무렇지 않게 만지는 사람들과 비교해본다면 이런 것까지 기합을 넣으며 극복해야 하는 겁쟁이의 삶에 허탈한 웃음이 난다. 대신 별거 아닌 일도 하고 나면 해냈다는 기쁨을 두 배로 맛볼 수 있다.

가을이 왔다. 이제 나는 부모님을 태우고 근교 드라이브를 나간다. 고양이를 데리고 동물병원에도 갈 수 있다. 그뿐만이 아니다. 길 가는 사람의 등에 매미나 풍뎅이가 붙어 있는 광경을 목격한다면 떼어줄 수도 있다.

앞으로 차를 몰고 더 멀리 가보고 싶다. 주차 연습도 매진해서 전진주차, 평행주차도 마스터하고 싶다. 더 큰 곤충들도 겁 없이 손바닥 위에 올려보고 싶다. 집에서 바퀴벌레를 만나더라도 당황하지 않고 잽싸게 잡고 싶다. 두려움을 넘어 조금씩 넓어지는 세계를 만나며 큰 성공 대신 작고 작은 성취로 자주 어깨춤을 추는 삶을 누리고 싶다.

자꾸만
돌아가야 하는 그곳

··

쇠백로

　　　살다 보면 생각처럼 풀리지 않는 상황을
만나 좌절할 때가 있다. 앞으로 나아가지 못하고 제자
리걸음을 하는 시간이 길어질수록 내 마음조차 마음대
로 되지 않는다. 사랑하는 이들에게 어려움을 호소하는
것도 어느 시점에서는 서로에게 모두 부담스러운 일처
럼 느껴져 입을 닫게 된다. 집 안으로, 방으로, 침대로,
이불 속으로 숨어들어 고립된다. 홀로, 쉽게 해결할 수
없는 문제만을 곱씹다 보면 고통이 자꾸만 커져 눈앞을
덮는다. 남을 의지할 수도, 나를 의지할 수도 없을 때,
갈 곳은 하나뿐이다. 호수를 둘러싼 흙길 위, 나무와 풀,

꽃과 새가 있는 곳.

무거운 이불을 힘겹게 걷어내고 밖으로 나갈 준비를 하면 이런 소리가 들린다. "나가서 뭐 해? 맨날 걷는 그 길이 그 길이지. 어제와 다를 게 없을 텐데, 지금 너의 상황처럼."

일단 길을 나서면 알게 된다. 흙 위에서는 하루도 똑같은 날이 없다. 이불 속에 파묻혀 나 자신의 괴로움만 바라보고 있는 사이에도 자연은 부지런하다. 겨울의 끝자락, 사방이 아직 흙빛이다. 봄이 오긴 하는 건가 의구심이 드는 찰나, 양지바른 언덕에 돋아난 초록 이파리들이 눈에 들어온다. 너무 작아 자세히 들여다봐야 보이는 파란색 봄까치꽃이 점점이 돋았다. 개나리와 비슷하지만 동글동글한 노란 영춘화도 폈다. 꽃잎을 삐쭉 내민 산수유나무 너머로 왜가리가 나뭇가지를 물어와 집을 고친다. 걷고 보고 멈추고 냄새를 맡고 다시 고개를 두리번거리는 동안, 나와 나를 괴롭게 만드는 문제로 꽉 차 있던 세상에 나무와 풀과 꽃과 새가 들어온다.

자연 속을 거닐면 행복 호르몬인 세로토닌의 분비가 증가하고 스트레스 호르몬인 코르티솔의 분비가 저하

된다고 한다. 혈압이 내려가며 피톤치드로 인해 자율신경이 안정된다는 말도 있다. 하지만 과학적인 설명 없이도 풀과 흙냄새를 맡는 순간, 몸이 먼저 안다. 우리가 있어야 할 곳으로 돌아왔다는 사실을.

하루가 다르게 버드나무 가지에 연두색 물이 올라와서 신기하다 싶으면 개나리가 만개한다. 배추흰나비와 노랑나비, 네발나비가 민들레 위를 나풀거리고 목련이 하얀 꽃봉오리를 활짝 펼친 날, 호수 가운데 내가 새들의 섬이라고 부르는 작은 섬 위로 백로 떼도 하얗게 피어났다. 왜가리와 해오라기가 머무르던 곳에 쇠백로 떼가 언제부터 집을 지었는지 기억이 나지 않는다. 꽃처럼 어느 날 갑자기 나타나 눈길을 사로잡았다.

새 이름 앞에 '쇠'가 붙으면 작다는 의미. 쇠백로는 백로 중에서도 제일 작은 종류다. 왜가리와 같이 서 있으면 크기 차이가 뚜렷하다. 까만 다리에 노란색 양말을 신고 있어 귀엽다. 여름 철새인데 언젠가부터 우리나라 곳곳에서 텃새처럼 머무르는 일이 자주 관찰된다고.

계절은 빠르게 변한다. 며칠 산책을 나서지 않았을 뿐인데 그 사이에 목련이 지기 시작하고 벚꽃이 만개한다. 꽃비가 내리는가 싶더니 금방 벚나무에 초록색 버찌가 잔뜩 달린다. 나무마다 층층이 둥지가 가득 들어찬 섬은 이제 만석이다. 백로들이 하얀 날갯짓을 하며 "꾸르륵 꾸륵 꾸륵 깍깍" 공룡의 후예답게 울어댄다. 부쩍 호수의 물 냄새가 진해지면 호숫가에 찔레꽃과 장미가 피고 보랏빛으로 익은 버찌가 보석처럼 길 위를 굴러다닌다.

피고 지는 꽃들 사이를 걷다가 새들의 섬 앞에서 발걸음을 멈추고 쇠백로 떼를 바라보는 것이 산책 중 제일 좋아하는 순간이 됐다. 무성해진 나뭇잎에 가려 자세히 보이지는 않지만, 새끼를 양육하느라 새들이 바빠 보인다. 생명의 활기로 가득 찬 소란스러운 섬을 바라보면 혼자 걷는 나도 혼자가 아닌 것만 같다. 자귀나무의 분홍색 꽃이 내뿜는 황홀한 향기를 맡으며 백로의 울음소리를 듣고 있으면 무심코 행복하다는 생각마저 든다.

여름의 문턱, 수위가 얕은 호수 가장자리에 쇠백로 유치원이 생겼다. 어린 백로들이 여러 마리 모여 어설프게 먹이를 사냥하는 흉내를 내고 있다. 왜가리 두 마리가 선생님처럼 쇠백로 무리에 끼어 있다. 유난히 어설픈 한 마리가 날개를 퍼덕이며 물고기를 잡겠다고 겅중겅중 뛰어다니는데 아무것도 잡지 못한다. 시멘트 보위에 덜 자란 해오라기들이 나란히 앉아 어린 백로가 불필요한 동작으로 에너지를 소비하고 있는 현장을 지켜보고 있다. 그 모습이 꼭 응원이라도 하는 것 같다.

가을이 왔다. 섬은 온종일 비어 있다. 해가 기울기 시작하면 먼 하늘에서 하얀 점들이 나타난다. 쇠백로가 종이비행기처럼 가볍게 날아 섬 주위를 빙빙 돌다가 나무 위에 앉는다. 해가 저문다. 어둠이 내려오고, 백로가 섬에 스며 보이지 않으면 나도 이제 산책을 마치고 집으로 돌아갈 시간이다. 쇠백로 떼와 함께 봄, 여름, 가을을 보냈다. 그리고 맞이한 겨울, 생일날 아침에 메리 올리버의 시를 읽었다.

하나의 세계에 대한 시

오늘 아침
아름다운 백로 한 마리

물 위를 떠가다가

하늘로 날아갔지
우리 모두가 속한
하나의 세계

모든 것들이
언젠가는
다른 모든 것들의 일부가 되는 곳

그런 생각을 하니
잠시
나 자신이 무척 아름답게 느껴져.

　　—《천 개의 아침》, 민승남 옮김, 마음산책

　나 자신이 아름답게 느껴지는 경지에는 이르지 못했지만, 호숫가를 걷고 쇠백로를 바라보며 나는 거미줄에 말린 먹이처럼 이불에 둘러싸여 옴짝달싹할 수 없던 고

립의 시간을 끊어내고 다시 자연과 연결될 기회를 찾았다. 전부로서의 내가 아니라, 자연 속 일부로서의 나로 존재했다. 나는 점점 작아지고 나를 괴롭히는 것들도 같이 작아졌다. 숲에서, 나는 주름 팬 딱딱한 나무껍질 사이에 있었다. 연두색으로 돋아난 버드나무 이파리 안에, 목련 꽃잎 안에 있었다. 자신의 계절을 맞아 피어나는 꽃들에, 자신의 계절을 지나 색색이 물든 잎을 떨구는 나무 속에 있었다. 섬 위에 꽃을 피운 백로 떼 안에 있었다.

힘든 시간은 반복해서 찾아온다. 절망의 시기가 되면 자연의 일부로 존재하며 회복했던 경험을 잊고 다시 방안에 틀어박힐지도 모른다. "어제와 다를 게 없을 텐데, 지금 너의 상황처럼"이라는 목소리가 훼방을 놓더라도 한 가지만은 잊지 말자. 흙과 호수, 나무와 꽃과 새가 있는 곳에 어제와 다른 오늘, 오늘과 다른 내일이 있다. 우리 모두가 속한 하나의 세계, 그곳으로 돌아가는 일을 멈추지 말자.

한 점 세차게 내리치는
나무 위의 너처럼

···

큰오색딱따구리

새벽에 고양이들이 돌아가며 우는 바람에 일찍 잠에서 깼더니 눈이 뻑뻑하고 머릿속이 흐리다. 오늘 꼭 써야 할 글이 있어 책상 앞에 앉았다. 일단 키보드에 손을 올려놓기는 했는데 단어를 몇 개 나열하고는 핸드폰을 쥐고 소파에 누워버렸다. "안 돼, 정신 차려!" 이럴 때 나는 한 마리의 딱따구리가 돼야만 한다.

가을이 질 무렵 수종사에서 딱따구리를 만났다. 수종사는 수령이 500년이나 되는 은행나무 보호수와 두물머리가 내려다보이는 풍광으로 유명한 절인데, 가는 길이 왕초보 운전자에게 무자비할 정도로 가팔라 벌벌 떨며 산길을 올랐다. 산사에 도착했지만 왔던 길을 다시 어떻게 내려갈지 심란해서 노랗게 물든 은행나무와 햇살에 반짝이는 강물을 앞에 두고도 제대로 감상할 수 없었다. 마음을 온전히 그 시간과 장소에 두지 못하고 서둘러서 떠날 생각만 하는데 어디선가 들리는 힘찬 소리. "딱딱딱딱딱딱, 딱딱딱딱딱딱!" 한 뼘이 넘어 보이는 딱따구리가 나무를 쪼아대고 있었다.

흰색과 검은색이 섞인 코트를 입은 모습이 동네에서도 몇 번 만났던 오색딱따구리와 닮았는데 그보다 크기가 컸다. 큰오색딱따구리였다. 머리에 포인트가 되는 빨간색이 없는 걸 보니 암컷 같았다(수컷은 빨간색 모자를 쓰고 있다). 큰오색딱따구리를 보는 것도 처음이었고, 실제로 딱따구리가 나무를 쪼는 모습을 보는 것도 처음이었다.

딱따구리는 벌레를 사냥하고 둥지를 만들기 위해 나무에 구멍을 내는 새다. 그러므로 딱따구리가 나무를 쪼는 모습이 특별한 것은 아니지만 가까이서 지켜보고 있자니 순식간에 그 광경에 빠져들었다. 빠른 속도로 한자리를 쪼는데 부리가 나무에 닿을 때마다 나무 부스러기가 날아 흩어졌다. 집요하고 끈기 있었다. 딱따구리가 나무를 쪼아대는 소리가 숲을 울렸다. 경사를 오르며 곤혹스러웠던 감정이, 무사히 운전해서 내려갈 수 있을까 하는 걱정이 사라졌다. 딱따구리의 완벽한 몰입을 구경하는 나 또한 놀랍도록 집중했다. 오래 찾아 헤매던 순간이었다.

좋아하는 일에 깊게 빠져드는 몰입의 경험을 사랑한다. 외부의 사건과 상관없이 스스로 설정한 과업에 집중하는 것만으로 행복할 수 있다니, 몰입flow의 개념은 내게 행복의 지표가 되었다. 평소에는 산만한 편이라 뭔가에 집중할 때의 느낌이 더 소중하게 느껴졌다. 몰입의 측면에서 바라본 작년 한 해, 나는 행복하지 않았다. 집중력을 잃었기 때문이다. 의지와 활력을 사라지게 만든, 책상 앞에 앉지 못할 개인적인 이유가 몇 가지 있었지만 변명이 당위성을 잃은 뒤에도 사라진 집중력은 쉽게 돌아오지 않았다. 책을 펼쳐도 활자가 눈에 들어오지 않았고, 생각을 한데로 모으지 못해 글 하나를 쓰는 데 3주를 질질 끈 적도 있었다. 그림을 그리다가도 걸핏하면 멈췄다. 집중하는 힘을 되찾기 위해 노력했고, 처음보다는 나아졌음에도 아직 더 회복할 부분이 남아 있었다.

운길산 자락, 수종사의 딱따구리를 보며 왜 집중력이 자꾸 사라지는지 그 이유에 대해 생각했다. 여러 가지 원인이 있겠지만 가장 확실한 방해 요소는 핸드폰이다. 현대인이라면 당연히 핸드폰과 손이 하나가 되어야 하지 않느냐고 웃어넘기고 싶지만 증세가 심했다. 직장을 다니지 않아 강제로 행동을 통제해야만 하는 요인이 없는 나는 핸드폰에 쉽게 중독됐다. 어떤 활동이든 고비가 있다. 표현하고자 하는 의미와 딱 떨어지는 단어가 생각나지 않아 글이 막혔을 때, 아무리 고쳐 그려도 그림의 형태가 이상하게 일그러질 때, 반복해서 읽어도 문장이 머릿속에서 제대로 해석되지 않을 때, 예전 같으면 조금 더 힘을 내서 어려운 구간을 통과하려 했다. 지금은 바로 핸드폰의 쉽고도 유혹적인 세상으로 도망친다. 몰입으로 얻을 수 있는 환희에 이르기까지 어느 정도 지루한 부분을 참고 견뎌야 하는데 작은 화면을 바라보는 일에만 익숙해져 진지한 세계에 집중하기 힘든 악순환이 반복된다.

딱따구리는 부리로 나무를 타격할 때마다 큰 충격을 받는데 타고난 몸 구조가 그 충격을 흡수한다고 한다. 나무를 두드리며 살아가도록 태어났지만 딱따구리가 나무를 쪼는 모습을 직접 보면 그런 딱따구리에게도 나무에 구멍을 내는 일이 별거 아닌 일이 아니라는 것을 알 수 있다. 한두 번 부리 끝을 나무 표면에 부딪쳐서는 구멍을 낼 수 없다. 발톱으로 한자리에 몸을 단단히 고정하고 한 점을 향해 끊임없이 부리를 부딪쳐야 한다. 전력을 다해.

딱따구리가 나무껍질을 부리로 망치질하며 이제 나무 쪼는 게 지겹다거나, 벌레 말고 딴 걸 먹고 싶다고 생각하는 일을 상상하기 어렵다. 동물은 생존하기 위해 집중한다. 완전하게 현재를 산다. 인간은 자주 지금에 머무르는 데 실패하고 어딘가를 떠돈다. 과거에 두고 온 더 많은 기회와, 미래에 있을 더 많은 행복. 더 신나고 즐겁고 훌륭하고 값진 무언가를 찾아 현재를 자꾸 벗어난다. 내가 딱따구리였다면, 이 나무에 앉았다가 저 나무에 앉았다가, 나무를 쪼았다가 말았다가, 산만한 날갯짓으로 작은 구멍 하나 내지 못하고 배를 곯아

나무 밑으로 풀썩 떨어졌을지도 모른다. 다행히 인간이기에 집중하지 못해도 당장 생존에 치명적인 위협을 받지 않았다. 대신 지금에 충실하지 못하고 귀한 시간을 낭비하고 있다는 헛헛함에 속이 쓰리다.

나는 오늘 딱따구리가 되어볼 작정이다. 핸드폰을 소파 끝자락에 엎어두고 일어났다. 진득하게 한 나무에 구멍을 내기 위해 미리 화장실도 다녀오고 마실 차도 준비했다. 눈이 건조해지면 넣을 인공눈물과 혹시 콧물이 나올 것에 대비해서 휴지까지 야무지게 챙겼다. 우리 집 거실이 숲이 되어줄 것이다. 아까 단어 몇 개를 새기다 만 나무에 다시 앉았다. 의자 끝까지 엉덩이를 밀어 넣으며 허리를 꼿꼿하게 세웠다. 경건하게 키보드에 두 손을 올리고 나무의 목표 지점, 아니 쓰던 글에 시선을 고정한다. "탁탁탁탁탁탁, 탁탁탁탁탁탁!" 그 가을, 나무 사이를 울렸던 힘찬 소리가 내 손끝에서 다시 울린다.

성과 없는 삶은
실패한 걸까요?

···

잠자리와 목련

청량하고 맑은 8월의 어느 날, 길을 걷다 분수대가 설치된 인공연못 위로 잠자리가 날아다니는 광경을 봤다. 두 마리가 한 몸이 되어 물 위를 스치듯 날며 산란을 하고 있었다. 잠자리는 자동차처럼 반짝이고 매끄러운 표면을 수면으로 착각해서 잘못된 장소에 알을 낳는 경우가 있는데, 이번에는 물이 풍성한 곳을 제대로 찾았다. 언젠가부터 생명체가 번식을 통해 종의 번영을 이어나가는 모습만 봐도 흐뭇하다. 잠자리 한 쌍이 알을 많이 낳고 그 알들이 모두 잠자리가 되어 하늘을 수놓길 축복했다.

며칠 후 잠자리를 만났던 길을 다시 걷는데 인공연못을 찰랑찰랑 채우고 있어야 할 물이 다 빠져 바닥이 바싹 말라 있었다. 잠자리 알은 물에서 유충으로 부화해야 하는데 이를 어쩌나. 성공적으로 보였던 잠자리의 번식이 갑자기 실패로 끝나버렸다.

생명이 번성하는 계절에는 인공연못의 잠자리처럼 아까운 마음이 드는 장면을 자주 만난다. 탈피하는 도중 죽어버린 매미며, 새들에게 먹혀 번데기가 될 기회를 얻지 못한 애벌레. 이제 막 번식을 시작하기 위해 무성한 풀밭에 둥지를 틀었을 개개비의 서식지가 하루아침에 제초로 사라지기도 하고, 덜 자란 새들이 둥지에서 떨어져 죽는 경우도 드물지 않다. 내가 번식의 계절, 작은 생명이 성체가 되지 못하는 모습을 마주할 때마다 유달리 더 애석함을 느끼는 이유는 철저하게 인간의 관점으로 자연을 바라보기 때문일 것이다.

우리는 수고가 헛되지 않길 바란다. 시도와 노력이 보상이라는 결실로 이어지느냐의 여부에 따라 일에 성공 또는 실패의 이름을 붙인다. 생명이 짝을 찾아 다음 세대를 만들어내는 일은 생명체의 궁극적인 목적이자 엄청난 에너지가 필요하며 큰 위험을 감수하는 일이다. 하지만 자연에서는 어떤 수고, 아니 많은 수고가 결실을 맺지 못한다. 어느 계절, 풀은 꽃을 제대로 피워내지 못하고, 알과 유충은 잡아먹히고, 새끼들은 성장 과정에서 낙오한다. 생명의 번창을 위해서 수많은 성공이 존재해야 하는 것이 자연의 섭리라면, 수없는 실패 또한 그러하다.

특별히 성과 지향적이라고 스스로를 생각한 적 없는 나도, 알게 모르게 삶의 행적에 점수를 매겨 성과를 분류해왔다. 오랜 고민 끝에 안정된 직장을 그만둔 후, 그에 상응하는 다른 것을 이뤄내야 한다는 강박이 내 안에 자리 잡았다. 그러지 않으면 퇴직이라는 선택이 실패로 결론이 날 테니까. 내 힘으로 자립할 수 있을 때까지 그간의 성취 하나하나를 쌓아 성공으로 이끌어내고 싶었다. 하지만 내 능력과 노력이 충분치 않았던 걸까. 진심으로 쓰고 그린 책은 독자들에게 별 반응을 얻지 못하고 1쇄로 마무리됐다. 심기일전해서 준비한 일러스트레이션 페어에서도 내 그림에 관심을 갖는 이가 얼마 되지 않았다. 페어가 끝난 후에는, 팔지 못한 굿즈와 적자와 씁쓸함만이 남았다. 애써 만든 것들이 당장 눈에 보이는 성과로 이어지지 않으니 조급했다. 개인사에 일이 하나둘 생길 때마다 생활과 작업의 루틴도 점점 어그러졌다. 매일 뭔가를 하기는 하는데 시간이 흐를수록 저울이 자꾸만 실패 쪽으로 내려가는 느낌이었다. 노력한 시간이 성공이라는 이름으로 빛나지 않으면 바로 낙담해버리는 나란 인간의 눈에 잠자리도 나도 실패한 것처럼 보였다. 우화羽化를 끝마치지 못한 매미, 나비가 되지 못한 애벌레, 둥지에서 떨어진 어린 새들도 모두 실패한 셈이었다.

성공과 실패에 예민한 마음을 안고 봄을 맞았다. 목련을 보러 호숫가에 갔다. 하얗게 핀 목련은 내게, 사람도 자연도 긴 겨울을 무사히 보냈다는 안도이자 이제 진짜 봄이 왔다는 희망의 소식이기에 매년 목련꽃의 만개를 감상하는 일은 각별하다. 탐스러운 꽃을 기대하며 한눈팔지 않고 부지런히 걸어 작은 목련 앞에 당도했다. 하지만 나를 기다리고 있던 것은 아름답게 피어난 꽃이 아니라 실망이었다. 꽃이 나무에 달린 채로 썩어가고 있었다. 내가 나무라면 정말 속상했을 것이다. '오랜 준비 끝에 1년에 딱 한 번 온 힘을 다해서 피워내는 꽃인데 다 망쳤구나.' 나뭇가지를 축 늘어뜨린 채 실패에 절망했을 것이다. 그런 생각을 하고는 나무를 봤는데 목련은 그저 자기 할 일을 해내고는 흐트러짐이 없었다.

우리의 행적 하나하나를 성공과 실패로 평가하는 일이 의미가 있는 걸까? 꽃을 예쁘게 피워내지 못했지만, 목련의 존재 자체가 실패한 것은 아니었다. 겨우내 털이 보송보송한 꽃눈을 가지에 소중히 지닌 채 또 한 번 봄을 맞았다. 그렇다면 잠자리는? 수천 번의 날갯짓을 하며 낳은 알이 부화하지 못하더라도 잠자리는 존재했다. 인간의 기준에서 성과가 없어 보였을 뿐, 투명한 날개를 반짝이며 파란 여름 하늘을 날아다녔다. 성체가 되는 데 성공하지 못하고 죽은 어린 새들과 소실된 알들과 먹혀버린 유충들도 마찬가지다. 그들은 실패하지 않았다.

포기해버린 직장을 대체할 새로운 자립. 그 목적을 이루기 위해 수고했던 나의 지난 시간은 실패했을까? 실패였대도 별수는 없지만 어쩌면 인간의 삶이라 해서 다를 게 없을지도 모른다. 그동안 써왔던 일기를 들춰본다. 노력에 만족한 날도, 길을 잃고 방황한 날도 있었지만, 제자리를 찾았다는 평온함으로 일상이 잔잔하게 빛났다. 빈번하게 행복했고 이따금 슬펐다. 걱정이 일어나기도 했지만 금방 감사함을 되찾았다. 원하는 만큼 천천히 나무 사이를 걷고 호수를 바라봤다. 온화하고 충만한 시간이었다.

사람은 쉽게 변하지 않기에 나는 앞으로도 노력이 열매 맺기를 바랄 것이다. 성과 없는 나날에 습관처럼 실망하기도, 그간의 수고에 대한 보상이 작은 성공으로 돌아올 때는 기뻐도 하겠지만 이내 털어버리고 매일의 발걸음으로 돌아와야지. 계절이 바뀔 때면 목련 나무에 꽃이 솜사탕처럼 뭉게뭉게 달리고, 잠자리들이 영원히 물이 마르지 않을 연못 위를 바쁘게 날아다니길 열렬히 응원할 것이다. 그렇게 길을 걷다가 아무 이유 없이 그냥 살아 있기에 기분 좋게 웃고 싶다고 생각하니 바라는 바가 이루어지지 않아도, 수고가 성공으로 근사하게 피어나지 못하더라도 삶을 만끽할 수 있을 것만 같다.

너도 혼자니?
나도 혼자야

....

겨울 파리

　　　　　밤이 되어 사람의 발길이 끊긴 주택가 골
목의 동주민센터. 초겨울 공기가 오래된 건물 틈 사이
로 새어 들어와 사무실 안은 쌀쌀했고 조명을 다 켜지
않아 구석구석 캄캄했다. 직원들은 모두 퇴근하고 한
사람이 홀로 민원대 책상에 앉아 있었다. 다크서클이
짙게 내려앉은 얼굴의 여자는 아무것도 없는 책상 모퉁
이를 바라보며 무언가를 중얼거렸다.
　어딘가 오싹해 보이는 장면의 인물은 나다. 일에 지
쳐 정신을 반쯤 놓고 혼잣말을 하고 있었던 것은 아니
고 누군가에게 말을 걸고 있었다. 아무도 보이지 않는

다고? 더 가까이, 아주 가까이 다가가야 한다. 거기 책상 모서리, 아니, 그건 내가 먹다 흘린 과자 부스러기고 조금 더 오른쪽 바로 거기다.

내가 말을 걸고 있었던 것은 파리였다. 이건 비밀인데 나는 가끔 인간의 언어를 알아들을 수 없는 존재에게 말을 건다. 길을 가다 만나는 비둘기에게는 "안녕!", 산책을 가는 강아지에게는 "귀여워!"라고 인사한다. 들꽃을 보고는 "어머, 너 언제 폈니?"라며 반가워하고, 지렁이를 붙잡고는 "조금만 기다려, 내가 저기 놔줄게"라고 달랜다. 주위 사람들에게 들리지 않게 조용히 속삭인다.

그날은 늦게까지 사무실을 지켜야 하는 당번이었다. 텅 빈 사무실은 적막했다. 갑자기 어디선가 파리가 날아와 책상에 앉았다. "겨울에 무슨 파리야?" 그마저도 따뜻한 계절에 볼 수 있는 크기에 미치지 못한 작은 집파리였다. 외로움이라는 감정을 투영할 수 있는 것이라면 그 어떤 생명체라도(아니 사물이라 해도, 영화 〈캐스트 어웨이〉의 배구공 윌슨처럼) 애처로운 눈빛으로 바라보고 싶던 때였다. 엄밀히 따지자면 어두운 사무실에 혼자 있다는 물리적인 외로움은 아니었다. 오히려 대부분의 시간을 많은 사람과 함께 보내는 데서 오는 이상한 외로움이었다.

그때 파리가 나타난 것이다. 그것도 겨울에. 반가웠다. 파리는 해충으로 알려져 있지만 내가 살면서 가장 많이 본 곤충이기도 하다. 아무도 물어보지는 않을 것 같지만 누군가 나에게 모기와 파리 중에 하나만 고르라고 한다면 망설임 없이 "파리!"라고 대답할 작정이었다. 상세한 이유까지 준비해두었다. 동글동글하고 통통하고 털이 난 형태를 좋아하는 취향에 딱이었다.

어릴 적 외갓집에는 여름마다 파리가 말도 못하게 많았다. 지금 생각해보니 젖소 농장이 근처에 있어서 더 심했던 것 같다(파리는 동물의 분변을 좋아한다). 툇마루 천장에 달린 끈끈이마다 파리가 빼곡하게 붙어 있었다. 마루에서 밥을 먹으면 파리가 달려들어 계속 파리채를 휘둘러야 했다. 보고 배운 대로 나도 열심히 파리를 잡았다. 파리채로 때리면 파리는 툭 터졌다. 한참 파리를 잡다가 어린 마음에 '파리를 이렇게나 많이 죽여도 괜찮은 건가?' 하는 생각이 들었다. 배가 터진 파리가 아파 보였다. 끈끈이에 옴짝달싹하지 못한 채 죽어가는 파리들은 더 괴로워 보였다. 파리는 인생 최초로 살생에 관한 질문을 안겨준 곤충이었다.

> 죽이지 마라
> 파리가 손으로 빌고
> 발로도 빈다

　파리 한 마리에 마음이 흔들린 시인 고바야시 잇사는 열일곱 자로 된 하이쿠를 지었다. 시로 그 순간을 남기진 못했지만 나도 파리 한 마리에 흔들렸다.

　추운 사무실 안에 나도 혼자, 파리도 혼자였다. 다리를 비비며 눈을 닦고 몸을 닦아대는 파리를 바라봤다. 날이 추워서 그런지 행동이 굼떴다. "넌 어디서 왔니? 하필이면 겨울에 왜 잘못 태어나가지고." 파리에게 말을 걸었지만, 인간의 말을 알아들을 수 없는 파리는 잠자코 다리만 비비고 있을 뿐이었다. 파리에게도 다행스러운 일. 만약 파리가 말을 할 줄 알았다면 손등에 앉혀놓고 아까 그 과자 부스러기 한 점을 내밀며 끝없는 대화를 나눴을 것이다. '이왕에 파리로 태어날 거라면 여름에 나와서 친구들과 몰려다니며 꽃에도 앉았다가, 개똥 위에도 앉아가며 분주하고 활기차게 윙윙거렸으면 좋을 텐데.' 파리의 운 없음을 위로하는 척하다 나의 잘못된 운명에 대한 신세 한탄을 늘어놓았겠지. '나도 정말 운이 없어. 사람이 덜 붐비고, 일이 적은 곳으로 발령이 났으면 좋았을 텐데, 왜 힘든 곳으로 잘못 와서 고생일까?' 우리 둘 다 잘못된 시간을 만났다며 징징거려 파리마저 질려 자리를 떠날지도 모른다.

파리는 다음 날에도 또 다음 날에도 같은 자리를 맴돌았다. 그리고 사라졌다. 1년 후, 비슷한 시기에 겨울 파리가 또 나타났다. 알고 보니 집파리는 성충으로 겨울을 나는 녀석들이 있다고 한다. 계절을 착각하고 잘못 태어난 게 아니라 원래 겨울에 태어나는 개체였다. 낡고 오래된 사무실에서 맞이한 나의 겨울 또한 잘못된 시간이 아니라 가을과 봄 사이에 제대로 놓여 있던 계절이었다.

12월인데도 불구하고 작업실에 빨간 눈의 초파리 한 마리가 나타났다. 작업을 하는데 빵 봉지와 과일차 티

백이 들어 있는 컵 위를 왔다 갔다 하는 쌩쌩한 초파리가 거슬렸다. 왜냐하면 나는 이제 외롭지 않아 작은 친구가 필요 없었기 때문이다. 잠시 죽여야 하나 고민하다가 결국 텅 빈 공동작업실에서 초파리와 단둘이 토요일을 보냈다. 초파리는 너무 작아서 집파리처럼 손으로 빌고 발로도 비는지 보이지 않았지만 외로움에 사무쳤던 때가 생각나서, 나 말고도 파리 한 마리에 마음이 흔들렸을 사람들이 떠올라서 성가신 녀석을 애써 무시했다. 다음 날 작업실에 나갔더니 하룻밤 비어 있던 공간이 차게 식었다. 책상을 신나게 맴돌던 초파리는 어디에도 없었다.

봄을 맞이하기 전에
하는 결심

....

애벌레

무릎을 다쳐 집에만 머문 지 열흘 만의 산
책. 조심스럽게 길을 걷는데 한낮의 햇볕에 정수리가
따뜻해졌다. 길에서 넘어졌을 때는 분명 곳곳에 눈이
쌓여 있는 한겨울이었는데 열흘 사이에 무슨 일이 있었
던 걸까. 창을 열면 새소리가 조금 더 크게 들리는 것 같
기도 했다. 그사이에 입춘도 지났다. 겨울을 제외하고
항상 새똥이 떨어지는 자리에 차를 세우고 안심하고 있
었는데 며칠 전, 다시 새똥이 떨어지기 시작했다고 남
편이 말했던 일이 기억났다. 슬그머니 비켜나는 겨울과
저만치서 다가오는 봄이 서로 밀당을 하다 이윽고 완

연한 봄이 될 것이다. 매년 이맘때가 되면 가슴이 두근 거리면서도 어딘가 불편하다. 이제 모든 것이 아름답게 변할 텐데 나 혼자만 지난 계절의 흔적을 고스란히 지 닌 듯한 무겁고 굼뜬 느낌.

겨울이면 작업이 막힐 때마다 달달한 간식을 먹으며 집에서 은둔한다. 2월도 중반을 향해 넘어가고 갑자기 봄기운이 찾아오면 정신이 번쩍 든다. 턱선이 희미해지 고 바지는 꽉 낀다. 움직임도 둔하다. 매번 겨울이면 살 이 찌지만 올해는 계속된 코로나와 다리 부상 탓으로 몸이 더 무거워졌다고 변명을 해본다. 예쁘고 날씬하 고 싶다는 욕망에서 어느 정도 해방됐다고 믿었지만 거 울을 볼 때마다 기분이 좋지 않다. 건강을 위해서도, 산 뜻한 새출발을 위해서도 지난 계절이 몸에 남긴 지방을 덜어낼 때가 왔다.

내가 나비의 애벌레라면 다이어트 고민 없이 그동안 잘 먹어 통통하게 부풀어 오른 몸으로 바로 번데기가 되면 되는데. 봄꽃이 필 무렵, 하늘을 날 수 있을 만큼 가볍게 다시 태어나면 되는데. 앞으로 몇 달 동안 겪어 야 할 지방을 덜어내는 절차(적게 먹고 많이 움직이는, 단순

하지만 실천하기는 어려운)를 떠올리니 벌써부터 배가 고프고 기운이 빠지는 것 같다. 애벌레가 나비가 되는 것처럼 단숨에 변하면 안 되나? 마법처럼 눈 깜짝할 사이에 일어나는 일이 아님을, 그 과정이 길고 어렵다는 것을 직접 봤으면서도 부질없는 상상을 한다.

애벌레를 키운 적이 있다. 채소 가게를 하는 친구네 집 점심 밥상에 올라온 상추가 얼마나 싱싱하고 맛있던지. 그 신선한 상추에서 1센티미터도 되지 않는 반투명한 연두색의 애벌레가 나왔다. 배추흰나비 애벌레였다. 지금과 달리 애벌레를 징그러워하던 시절이었지만 미래의 아름다운 배추흰나비를 버릴 수가 없었다. 애벌레와 밥상에서 챙긴 상추 몇 장을 들고 집으로 돌아왔다.

애벌레의 본분은 먹는 일. 바닥에 꽃무늬가 그려진 플라스틱 바구니 안에서 애벌레는 열심히 상추를 갉아먹으며 쑥쑥 자랐다. 몸이 커갈수록 연두색이 빠지고 칙칙한 갈색으로 변했다. 이상하게 점점 징그러워졌다. 상추를 갈아줄 때마다 혹시라도 애벌레가 손에 닿을까 몸서리를 쳤다. 그래도 명색이 나비 애벌레인데 내가 그러면 안 되지 싶어 각오의 각오를 하고 애벌레를 만져보기로 했다(애벌레도 지렁이처럼 사람의 손이 뜨겁게 느껴질 수 있다는 사실을 그때 알았다면 굳이 애벌레를 맨손으로 만져보는 시도 따위는 하지 않았을 텐데). 손끝을 살짝 애벌레의 옆구리에 갖다 댔다. 갈색 무늬가 소용돌이치는 거친 외모와 다르게 세밀한 부드러움이 느껴졌다. 그리고 따뜻했다. 왜 따뜻했는지는 잘 모르겠다. 여름이라서 주위의 온도에 맞춰 애벌레의 몸도 따뜻했던 것일까. 곤충이 변온동물이라는 사실을 모를 때라 그 따뜻함에 감동이 왈칵 올라왔다. '너 살아 있구나. 나랑 똑같아.'

여러 날을 꾸준히 먹고 먹어 지금의 내 모습처럼 크고 통통해진 애벌레는 어느 날 갑자기 먹은 것을 모두 토해내고는 몸을 비틀었다. 뭔가 일이 잘못됐다. 애벌레가 죽는 줄 알고 끝까지 볼 용기가 없어 자리를 떴는데 한참 뒤에 와서 보니 애벌레는 번데기가 되어 있었다. 시간이 얼마나 흘렀을까. 드디어 번데기에서 날개 달린 생명이 깨어났다.

플라스틱 바구니 안에서 눈을 뜬 건 새하얀 날개를 팔랑이는 요정 같은 배추흰나비가 아니라 진한 갈색의 나방이었다. '이럴 리가. 내 나비가 나방이었다니.' 충격에 빠져 나방이 날개 한쪽을 제대로 말리지 못해 날지 못한다는 것도 나중에 알았다. 나방을 어떻게 할 것인가를 두고 고민하던 찰나에 모기가 나타났다며 아빠가 온 집 안에 에프킬라를 뿌리기 시작했다. 살충제가 나방에 닿을까 급하게 바구니를 안아 들고 무조건 밖으로 뛰었다. 날지 못하는 나방을 집 앞 화단에 버렸다.

당시에는 나방에 대한 공포감을 극복하지 못하고 충격에 휩싸였지만, 이 일은 내 미물 인생에 특별한 계기가 됐다. 나비면 어떻고 나방이면 어때. 키워보니 애벌레가 번데기가 되어 성체로 변하는 일은 다 똑같지 않은가. 사실 곤충을 잘 아는 사람이 아니면 뭐가 나비 애벌레이고 뭐가 나방 애벌레인지 구분하기도 힘들다. 커다란 뿔이 나 있는 뾰족뾰족 난해하게 생긴 애벌레가 나비가 되고, 투명한 연두색 몸의 오동통 귀여운 애벌레가 나방이 되기도 한다.

귀엽기도 징그럽기도 한 각양각색의 외양 너머, 애벌레의 본질을 생각해본다. 포동포동 꼬물꼬물 기어 다니는, 장차 날개를 달고 하늘을 날아오를 귀여운 아기들. 이런 시선으로 바라보면 송충이라도 사랑스럽지 않

을 이유가 없다. 꼬물이들이 미래의 나방과 나비가 되기 위해 얼마나 최선을 다해서 먹고 여러 번 탈피를 반복하며 성장하는지, 힘들게 몸을 비틀며 번데기가 되고 오랜 시간 기다려 날개를 다는지, 그들이 보내는 날들이 수고스럽고 대견하다. 살아 있는 것이 변하기 위해서는 마음이 급해도 건너뛸 수 없는 과정을 착실히 거쳐야 한다. 단번에 이룰 수 있는 것은 없다.

애벌레는 온몸을 변화시키는데 그저 지방을 얼마간 덜어내는 일쯤이야. 다친 무릎도 회복 중이고, 봄도 오고 있으니 꾸준히 걷고 적당히 먹는 매일의 단계를 밟을 의욕이 생긴다. 봄이 겨울의 흔적을 지우면 하늘을 날아다닐 나비와 나방에게 미리 약속을 해본다. '훨훨 날아라, 과거의 애벌레들아. 비록 나는 너희처럼 공기를 타고 춤출 수는 없지만 대신 지금보다 가벼워질게.'

작은 꽃을 피워내는
마음으로

....

들꽃

　　　　　　처음 창작의 세계에 발을 들이고 결과물
을 사람들에게 보여줄 때, 내 글과 그림이 마치 한 송이
꽃 같다고 생각한 적이 있었다. 내가 만든 것이 크고 탐
스럽고 아름다워 그런 것은 아니고 오히려 그 반대로
작고 특색이 없는 들꽃처럼 느껴졌다. 노란빛이 청초한
수선화나 색이 다양하고 화사한 튤립, 빨간 꽃이 선명
한 개양귀비, 겹겹의 꽃잎이 황홀한 작약처럼 한 송이
만 피어도 그 존재감이 대단한 꽃들이 가득한 정원. 그
구석에 돋아난 소박하고 밋밋한 꽃 하나. 이파리를 들
고 "저기요, 제 이야기를 들어보세요!"라고 외쳐도 아무

도 나의 꽃을 발견하지 못할 것만 같았고, 우연히 누가 보더라도 "저게 뭐야" 하고 금방 고개를 돌려버릴 것 같았다. 한마디로 자신 없고 부끄러웠다.

길을 걸으며 그전에는 무심코 지나치던 작은 꽃을 가까이 바라보기 시작한 것도 그즈음이었다. 멀리서 보면 비슷비슷한데 사세히 보니 다 달랐다. 너무 흔해서 하나도 특별한 것 없었던 민들레의 노란 꽃송이에 태양의 빛이 반짝거렸다. 어릴 때 꽃반지를 만들어 손가락에 끼우다 시들면 쉽게 버렸던 토끼풀꽃도 귀여워 다시는 꺾지 못할 것만 같았다. 땅에 붙어 있는 것처럼 조그만 제비꽃도 그 색과 자태가 우아했다.

이름을 아는 꽃이 많이 없어서 한동안 꽃 이름을 찾아주는 어플을 열심히도 썼다. 꽃망울이 잘아 잘 찍히지도 않은 사진으로 검색하면 잡초로 보이는 꽃들에게도 다 이름이 있었다. 줄기 끝에 귀여운 꽃이 송송 돋아나 있고 하트 모양의 초록색 열매가 마치 잎처럼 달려 있는 풀은 냉이였다. 그 생김새가 호기심을 자극해서 어릴 때 열매를 손톱으로 갈라보았던 적이 있었는데 작디작은 씨앗들이 가득 들어 있었다. 그저 어디서든 잘

자라는 들풀이라고만 인식해왔던 식물의 정체가 냉이
된장국의 그 냉이였다니! 진작 알았더라면 봄 내음이
나는 아삭한 냉이를 입에 넣을 때마다 예쁜 꽃과 하트
모양의 열매를 떠올렸을 텐데.

끝이 톱니처럼 갈라진 꽃잎이, 꽃술이 난 중심을 둥
글게 감싸고 있는 노란 꽃이 고들빼기라는 걸 알았을
때는 과장을 조금 보태 충격이었다. 씁쓸한 맛의 고들
빼기김치에서 양념을 거둬내면 그 뒤에 이렇게나 예쁜
꽃이 있다고? 아직도 산책을 하다 하늘하늘 노란 고들
빼기꽃을 볼 때면 이 꽃이 내가 사랑하는 밥도둑의 원
형이라는 사실을 곧바로 떠올리기가 어렵다. 냉이와 고
들빼기에서 이미 많이 놀랐기에 씀바귀가 흙길 지천에,
심지어 보도블록 사이에서도 자라고 있다는 사실을 알
았을 때는 유난을 떨지 않을 수 있었다. 씀바귀는 고들
빼기와 비슷한 꽃을 피우는데 노란색 꽃술을 가진 고들
빼기와는 다르게 꽃술이 거뭇거뭇하다. 달래는 아직 길
에서 본 적은 없지만 나중에 우연히 만날 때를 대비해
서 꽃 사진을 찾아봤다. 보라색이 희미하게 어린 꽃들
이 줄기 끝에서 한데 모여 마치 하나의 커다란 꽃송이

를 이루고 있는 모습이다. 이제 달래꽃을 발견한다면 지나치지 않을 준비가 됐다.

특색 없고 밋밋한 창작물에 자신 없던 마음을 작은 꽃에 비유한 것이 미안할 만큼 그들에게는 나름의 아름다움이 있었다. 아직도 이름을 아는 들풀보다는 이름을 모르는 것들이 훨씬 더 많지만 꽃을 발견할 때마다 한 생각이 피어난다. 꽃들은 부끄러워하지 않는다. 줄기가 구부러져 꽃이 땅을 향해도, 이파리가 상해 온전하지 못해도 주눅 들지 않는다. 크고 화려하든 작고 소박하든 한 송이 한 송이 모두 완전하다. 꽃에서 모자람을 찾아내려는 시도만큼 어리석은 일이 또 있을까.

고개를 숙이고 힘없이 걸을 일이 많았던 해, 발밑에 돋아난 꽃들을 자주 만났다. 민들레와 제비꽃은 친구처럼 사이좋게 피어났고, 씀바귀는 커다란 꽃 못지않게 꽃과 잎사귀를 울창하게 만들어냈다. 애기똥풀이 동글동글 순하게 생긴 노란색 꽃을 내밀고, 엉겅퀴도 보라색 꽃을 높게 피웠다. 너른 들판에 한데 모여 같이 피어 있는 꽃들은 외롭지 않아 보여 좋았고, 어떻게 이런 곳에 피었나 싶을 정도로 좁은 벽 틈 사이에서 혼자 피어난 꽃은 그 생명력에 감탄하지 않을 수 없었다. 내가 그들을 발견할 때마다 그들도 나를 따뜻하게 응시해줬다. 꽃과 얼굴을 마주하는 순간, 주변의 공기가 평온해졌다. 그 작은 꽃 한 송이가 잊고 있던 삶의 환희 같아서 가슴이 두근거렸다. 그럴 때면 꽃을 그리고 싶고 글을 쓰고 싶은 의욕이 일었다. 힘없던 발걸음이 조금씩 다시 경쾌해졌다.

그동안 나의 꽃은 얼마나 커졌을까? 더 예뻐졌을까? 줄기가 약간 길어진 것 같기도 하고 잎이 몇 장 더 돋아난 것 같기도 한데 꽃은 달라지지 않았다. 다루는 글감과 그림의 표현 방식이 시간과 더불어 조금씩 변해왔지만 내가 사람들에게 전하고 싶은 것이 평범하고 다정한 이야기임에는 변함없는 것처럼 말이다. 그사이에 달라진 것이 있다면 내가 꽃들을 발견하듯 누군가도 용케 나를 발견해주었다는 것이다. 내 꽃을 보고 미소 지어주는 이들이 있었다. 그 따뜻한 눈길이 햇빛이자 빗물이 되었다. 지금도 글이 막혀 그 속에서 길을 잃는 날이면 내 능력의 부족함에 의기소침해지고 싶지만 그럴 때면 실망하지 않고 들꽃을 떠올린다. 그들처럼 내가 피워내는 꽃에도 나름의 빛이 깃들어 있기를. 그래서 마주하는 얼굴들에게 반짝임을 선사할 수 있기를. 그런 바람으로 꽃송이를 똑바로 든다. 초록색 잎사귀를 부드럽게 펼친다. 형형색색의 크고 작은 꽃들 사이에서 기쁜 마음으로 그들과 함께 바람에 살랑거린다.

2부

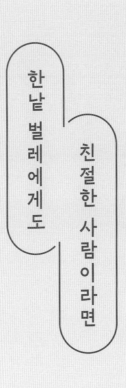

한낱 벌레에게도

친절한 사람이라면

연민과 혐오를
오가며

....

매미나방

겨울의 찬기가 아직 남아 있던 3월 초, 봄
의 전령이 우리 집에 나타났다. 전령은 이미 오래전 집
안으로 숨어들었다. 중문이 있어 집 안의 불빛이 온전
히 닿지 않는 현관은 어두침침했고, 게으른 인간이 쌓
아놓은 택배 상자가 켜켜이 쌓여 있는 곳이다. 외출할
때와 하루에 한두 번 고양이 캔을 찾으러 현관 수납장
을 여닫을 때를 빼면 어둠만이 깔려 있다. 몸집 작고 비
밀스러운 것들이 소리 없이 드나들다 은신하기 좋은 장
소였다.

언제나처럼 고양이 캔을 찾기 위해 중문을 열었다.

현관 등이 노르스름하게 켜진 순간, 까만 먼지가 시야에 들어왔다. 먼지는 공중에 나풀거렸고, 별생각 없이 거미줄에 먼지가 걸린 건가 하고 자세히 들여다보는데… 먼지가 미세하게 꿈틀거렸다. 벌레였다. 현관 벽 가운데 걸려 있는 액자를 중심으로 수십 개의 작고 까만 애벌레가 붙어 있었다.

지난겨울, 택배 상자 위에서 나방을 발견한 일이 떠올랐다. 나뭇잎이 떨어져 있기에 봤더니 배를 내놓고 죽어 있는 하얀 나방이었다. 언제부터 거기 있었는지 알 수가 없었지만 바싹 말라 있었다. 2020년 대창궐해서 본의 아니게 대한민국을 뜨겁게 달구었던 그 매미나방. 뉴스를 볼 때마다 털이 송송 난 애벌레들이 몸을 꿈틀댔고, 나무줄기를 빽빽하게 덮고 있는 나방들이 모니터를 뚫고 나올 것 같았다.

수가 너무 많아 약으로 방제를 하기에는 역부족이기도 하고, 약을 치면 다른 생명체에게도 악영향을 줄 우려가 있기에 공무원들과 자원봉사자들이 장갑을 끼고 나방을 쓸어내렸다. 나방이 바스락거리며 부서졌다. 매미나방 성충과 애벌레의 몸에 난 털이 사람에게 알레르기와 가려움증을 일으킬 수 있으며, 애벌레는 활엽수의 이파리를 모조리 먹어치운다고 했다.

매미나방은 적정 수가 유지되면 큰 문제가 되지 않지만 기상이변 등의 변수로 창궐하게 되면 해를 끼친다고 한다. 알집에서 겨울을 난 알이 봄에 유충으로 부화하는데 평년보다 겨울의 기온이 따뜻해짐에 따라 알과 유충의 생존율이 높아지면서 이 난리가 난 것이다. 난리통에서 나방 하나가 몰래 빠져나와 우리 집 현관으로 날아들었다. 몇 달 뒤 봄소식을 전해줄 알집의 정체를 알지 못한 채 나는 나방의 조용한 죽음에 감동받아 시를 썼다.

기척도 없이 태어나 조용히 나뭇잎을 갉아먹고 나방이 되었다.
아무에게도 들키지 않고 낯선 집 현관에 들어와 가만히 잠들었다.
바싹 마른 나뭇잎처럼 누워 있는 나방을 보니
나 여기 있다고 소리 지르며 살아가는 인간이란 존재가 부끄러워진다.

고요히 누구의 눈에도 띄지 않고 살다 아무도 모르게 얌전히 죽어야지.

그리고 3월, 죽은 나방은 소름 돋는 반전으로 내게 봄을 알렸다. 집 밖에서는 해충으로 분류되어 나뭇잎처럼 바스러져 가는 나방에게 불쌍한 마음을 가질 수 있지만 집 안에서는 달랐다. 이 집은 사람 둘과 고양이 네 마리의 영역이다. 가끔 영역을 공유하는 소수의 벌레들이 있지만 매미나방의 살아 있는 유충은 그 목록에 들어 있지 않았다.

나는 뉴스에서 봤던 해충 방제에 나선 그 누구보다 혈안이 됐다. 현관 자동 등이 자꾸 꺼지는 바람에 중간중간 천장을 향해 손을 흔들어가며 작디작은 애벌레들을 물티슈로 꾹꾹 눌러 죽였다. 잔혹하고 꼼꼼했다. 눈에 보이는 애벌레를 다 처리하고 액자를 뒤집었다. 액자 뒷면, 어미 나방이 보드라운 배털을 뽑아 정성껏 만든 알집 속에서 까만 벌레들이 느리게 기어 나오고 있었다. 휴지를 두껍게 말았다. 입술을 꾹 깨물고 미간을 잔뜩 찡그리며 알집을 걷어냈다. 애벌레가 잔뜩 붙어

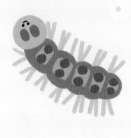

있는 물티슈와 알집을 아직 꽉 차지 않은 쓰레기봉투에 넣은 다음 지체 없이 내다버렸다.

현관에 서서 깨끗해진 벽을 바라보니 피로가 밀려왔다. 열정을 다한 해충 퇴치 작업 탓만은 아니었다. 손바닥 뒤집듯이 매미나방을 시의 주인공에서 박멸해야 할 대상으로 변경해버린 내 두 얼굴 때문이었다.

불쌍한 마음이
들어서

·····································

민달팽이

     집에서 라면을 끓이고 있다는 남편과의 통화를 마치고 핸드폰을 가방 안에 넣다가 가슴이 철렁했다. 급하게 다시 전화를 걸었다. "초록이, 다른 데로 옮기고 가스 불 켠 거 맞지? 설마 그냥 놔두고 라면 끓이고 있는 건 아니지?" 다급하게 질문을 던지는 내게 그는 누가 들으면 큰일이라도 난 줄 알겠다며 라면을 끓이기 전에 화기가 미치지 않는 곳으로 초록이를 옮겨놨다고 대답했다.

  초여름, 상추를 수돗물로 박박 씻고 있는데 뭔가 물컹하고 작은 덩어리가 손에 딸려 나왔다. 민달팽이였다. 냉장고에 하루 이상 있었고 물에 담긴 채로 마구 흔들렸기에 당연히 죽었겠지 했는데 빼꼼 눈이 달린 더듬이가 나왔다. 이걸 어쩌면 좋을까 망설이다 혹시 몰라서 핸드폰을 들었다. 상추를, 얼갈이배추를, 시금치 혹은 양상추를 씻다가 마음의 준비도 없이 민달팽이와 만난 사연들이 검색됐다. 불쌍한 마음에 우연히 발견한 민달팽이를 키우고 있다는 한 줄이 눈에 띄었다.

언젠가부터 불쌍하다는 단어를 함부로 쓰기가 어려워졌다. 타인에 대해 불쌍하다는 감정을 느끼는 것은 나는 너보다 우월하다는 오만으로 여겨질 수 있다. 자신에 대한 연민은 볼썽사납다. 왜 나를 불쌍히 여기냐고 뭐라 항의할 능력이 없는 미물일지라도 함부로 불쌍하다고 말하기에는 한 생명체로서의 삶을 무시하는 것 아닌가 하는 생각이 들 때도 있다. 불쌍한 마음을 자주 가질수록 피곤함이 느껴지니 불쌍함이 마치 과도한 감정이입으로 생기는 쓸모없는 정서가 된 것 같았다.

하지만 그 작고 흐물거리는 몸으로 상추를 오물오물 먹다가 갑자기 비닐에 포장된 채 시작된 민달팽이의 여정을 상상해본다면… 깜깜한 상자에 갇혀 냉기에 몸을

떨다가 마치 나이아가라 폭포에서 추락하기라도 하듯 엄청난 수압에 정신을 잃을 뻔한 후 맞이하는 끝이 변기 물과 함께 하수구로 쓸려 내려가거나 휴지에 압사당하거나 소금에 절여지는 것이라니(소금을 뿌리면 삼투압 현상으로 민달팽이의 몸에서 수분이 밖으로 빠져나와 탈수 증상으로 죽는다고 한다). 이럴 때 드는 마음은 어쩔 수 없이 딱하나다. '불쌍해.'

며칠 상추를 먹이며 방생할 곳을 찾아보기로 했다. 만능 인터넷에는 민달팽이 키우는 법도 상세하게 나와 있다. 유리그릇 하나에 무농약 상추를 한 장 깔았다. 민달팽이는 매운 종류를 제외한 대부분의 채소를 먹을 수 있다고. 단, 수분이 중요해서 공간을 촉촉하게 유지해줘야 한다. 사육장을 뚜껑 없이 놔뒀다가 밤사이에 민달팽이가 사라진 가출 사건도 여러 건. 통풍은 원활하면서도 탈출을 방지할 수 있게 싱크대 배수구 거름망으로 그릇 위를 덮었다.

사람 손에 몸을 맡긴 민달팽이에게는 다들 귀여운 이름이 있었다. 따라 하지 않을 수가 없지. 민달팽이니까 성은 민이요, 초록마을에서 왔으니까 이름은 초록이(민달팽이가 나와서 초록마을 무농약 상추에 대한 나의 신뢰는 오히려 더 굳건해졌다). 제주도에서 사람 손가락만 한 민달팽이를 본 적이 있는데 그에 비하면 초록이는 몸길이가 1센티미터가 될까 말까 한 아기.

빛이 들지 않는 가스레인지 옆 구석 공간에 유리그릇을 놓았다. 아침에 일어나서 고양이 밥을 주고 나면 바로 유리그릇을 조심스레 들어 초록이의 안부를 살폈다. 민달팽이는 야행성이라더니 밤사이 상추에 동글동글 구멍이 여러 개 생겼다. 상추를 먹고 싼 짙은 초록색 똥도 군데군데 붙어 있다. 냉장고에서 신선한 무농약 상추 한 장을 꺼내 물에 씻는다. 초록이를 세심한 손길로 새로운 상추로 이동시킨다. 유리그릇을 깨끗하게 닦고 습도 유지를 위해 물기를 남긴다. 새 상추 위에 올라간 초록이는 몸을 길게 늘이고 생각보다 빠른 속도로 움직인다. 내 손이 닿으면 놀란 듯 더듬이를 쏙 집어넣기도 하지만 이내 용기를 내서 주위를 살핀다.

하루에 한 번 상추 한 장을 갈아주는 아주 작은 수고만으로 민달팽이는 돌봄의 기쁨을 선사한다. 매일 상추에 나는 구멍의 개수와 초록색 똥이 늘어가고 몸길이도 점차 길어지는 느낌이다. 손가락 위에서도 씩씩하게 고개를 내민다. 그 모습이 귀여워서 남편에게 "우리 초록이 좀 봐주세요. 너무 귀엽죠?"라고 동의를 구하면 질색을 하면서 당장 밖에 놔주라고 난리. 친구에게 민달팽이를 키운다고 말했더니 역시 남편과 같은 반응이다. 식물과 동물에 정통한 학원 선생님한테도 민달팽이를 자랑했더니 식물에 해를 끼치는 존재라며 고개를 흔들었다.

세상에서 제일 무서운 건 정이라고, 주위의 반응 따위는 상관없이 나는 그 작은 것에게 마음을 빼앗겨버렸다. 맛있게 먹을 상추쌈을 준비하던 내게 민달팽이는 식욕을 떨어뜨리는 불청객이었는데 어느덧 가스 불에 말라 죽을까 봐 걱정하는 지경에 이르렀다. 내가 먹인 녀석이고, 내가 이름을 지어준 생명이었다.

원래 계획한 며칠을 훨씬 넘겨 3주를 초록이와 보내고 남편의 성화에 이별의 날을 잡았다. 비가 오지 않는 날을 골라 미리 봐둔 드넓은 풀밭에 초록이를 놓았다. 이제 매일 상추를 준비할 일도 밤마다 상추가 마를까 유리그릇에 물을 뿌리거나, 민달팽이의 생사를 걱정할 필요도 없다. '불쌍한 마음이 들어서', 이 거추장스러운 감정이 만들어낸 짧은 추억만이 남았다. 빈 유리그릇을 들고 집으로 돌아오는 길, 몇 번이고 뒤돌아 풀밭을 봤다.

당신이 좋은 사람이면
좋겠습니다

....

사람

　　　오래전의 일이다. 지하철역에서 나오는
데 앞서 걷고 있던 사람의 옷차림새가 눈에 띄었다. 체
구가 왜소한 여성이었는데 갈색 체크무늬 장화에 분홍
체크무늬 남방이 미묘하게 충돌해서 나도 모르게 시선
이 그쪽으로 쏠렸다. 체크무늬의 그 사람이 갑자기 길
가에서 등을 구부려 뭔가를 집어 들었다. 까맣고 큰 제
비나비였다. 나비는 이미 죽었지만, 그는 사람들의 발
에 밟히지 않도록 길옆 화단으로 나비를 옮기고 다시
발걸음을 재촉했다. 조금 전까지만 해도 체크무늬를 사
랑하는 행인으로만 존재하던 그 사람이 달라 보였다.

그 장면은 기억에 깊이 남았다. 미물을 무심하게 지나치는 것이 당연한 일상에서 드물게 만나는 순간이라서 그런 것 같다. 길에 누워 있는 곤충을 손으로 잡는 것을 상상할 수조차 없던 때라 더 인상적이었다. 작은 조각으로만 내 안에 존재하던 생명에 대한 측은지심이 그 사람의 마음 안에서는 큰 조각으로 빛나고 있다는 생각이 들었다.

10년 후, 나는 이따금 지렁이를 풀밭으로 옮겨주고 (다시 한번 강조하지만 매번 그러는 것은 아니다), 집에 들어온 벌레를 밖으로 돌려보내며 그 활동을 자랑하듯이 글로 옮기는 사람이 되었다. 글쓰기 모임에서 만난 동네 친구가 있다. 얼마 전에 그가 고맙게도 '미물일기'를 읽은 감상을 인스타그램에 올렸다. '미물일기' 지렁이 편을 보고는 길에서 만난 지렁이를 나뭇가지로 옮겨보려고 끙끙대다가 포기했다고 한다. 시도했다는 자체만으로 나도 좋은 사람이라며 뒤돌아섰지만 돌아오는 길에 벌레를 거침없이 죽이고, 개는 아니지만 돼지고기는 먹는 자신이 지렁이를 살려주는 것이 과연 의미 있는 일인가 그 모순을 떠올렸다고 했다.

글쓰기 친구를 고민에 빠트렸던 모순은, 나 역시 오래도록 갈팡질팡하게 만든 아이러니였다. 죽은 나비와 지렁이를 신경 쓴다고 해서 좋은 사람이라고 할 수 있을까? 작은 생명에 대한 배려를 보여주는 사람의 인격이 훌륭하다는 보장은 없다. 인간은 평면적이지 않다. 자신의 반려동물은 소중히 여기면서도 다른 생명에게는 시니컬할 수도 있고, 벌레 한 마리도 죽이지 않은 사람이지만 인간을 혐오할 수도 있다.

나만 해도 그렇다. 속이 좁고 의심이 많다. 남들에게 말하지 못할 어둡고 비밀스럽고 음흉한 구석도 있다. 이왕 말이 나온 김에 고백의 시간을 갖자면, 신념과 행동이 일치하지 않는 어중간한 사람이기도 하다. 여러 번 채식을 결심하고는 포기를 반복하다가, 요즘은 고기 먹는 횟수를 줄이는 것으로 자책을 피하고 있다. 간간이 생분해 제품을 사용하는 시늉을 하고 있긴 하지만 아직도 일회용품을 손에서 놓지 못한다. 도덕적 결함이 적지 않은 인간이며, 기후위기 시계를 앞당기고 있는 지구의 환경파괴범이다.

지렁이나 벌레를 옮겨주는 일도 솔직히 말하면 내게

의미를 알 수 없는 유희에 지나지 않는다. 생명을 사랑하는 따듯한 품성의 발현이라기보다는 일종의 취향이며 취미라고 부르는 것이 더 어울린다. 평소에는 고기를 먹고 환경을 파괴하다가 종종 벌레 몇 마리를 당장의 죽음에서 구한다 한들, 덕이 쌓일 리가 없다. 다른 사람들이 쉽게 벌레를 죽이는 행동에 대해서도 안 그랬으면 좋겠지만 적극적으로 만류하지는 않는다. 모두 나와 같을 수는 없으니 일부러 다른 생명을 괴롭히며 즐거워하는 가학적이고도 역겨운 행동을 일삼지만 않는다면 밥상에서 파리를 잡는다고 해서 당장 그 사람과 절교하지는 않을 것이다.

사람들이 미물에게 마음을 쓰는 장면을 좋아하는 이유는 기대 때문이다. 나는 좋은 사람도, 착한 사람도 아니지만 그들은 좋은 사람이면 좋겠다는 기대. 꼼지락거리는 벌레의 안위를 염려하는 세심한 성정을 가진 사람이라면 적당히 못된 사람이 돼야만 하는 상황이 오더라도 언제든 다시 적당히 착한 사람으로 되돌아갈 것 같아 안심된다. 타자에 대한 연민이 있으니, 벌레와 동물 그리고 사람, 그 대상이 무엇이든 간에 기회가 주어진

다면 다른 생명의 어깨에 얹힌 짐을 덜어주고픈 사람이
길. 찰나의 장면을 목격한 이들로 하여금 '한낱 벌레에
게도 친절한 사람이 있으니, 앞으로 힘들 때, 누군가도
내게 친절할 수 있겠구나, 살 만한 세상이다' 느끼게 하
길 막연히 희망한다. 그런 까닭에 눈에 보이는 족족 벌
레를 잡아 죽이는 사람보다는 미물을 향해 '너도 살아
있구나'라는 태도를 보여주는 사람을 좋아한다.

　새벽 산책 중 나무다리 위를 걷다가 내 몸통보다 큰
거미줄을 만난 적이 있다. 통로 전체를 막고 있는 거미
줄 가운데서 커다란 거미가 아침식사로 풍뎅이를 먹고
있었다. 하필 위치가 얼굴 근처라 그대로 지나갔다면
거미와의 키스로 아침을 시작할 뻔했다. 거미줄을 건드
리지 않으려고 마임을 하듯 허공을 살피다가 허리를 굽
혀서 거미줄 반대편으로 나왔는데 한 아저씨가 다가왔
다. 여기 거미줄이 있다고 조심하라고 알려줬는데 사실
이분은 나무다리 위의 파이오니아였던 것. 매번 이 길
을 다니는데 밤이면 거미줄을 크게 쳐놓는다며 거리가
꽤 있는 자귀나무에서부터 시작해 거미줄을 만드는 것
이라며 놀랍다고 했다.

조만간 사람의 통행이 이어질 곳이니 누군가는 거미줄을 헤쳐야 했고, 아저씨는 자주 그 역할을 맡고 있는 듯했다. 그는 거미줄 앞에서 사진을 찍고 있는 나를 보고 단번에 거미줄을 내려치지 못하고 나와 거미에 대한 이야기를 나누며 내 사인을 기다렸다. 아저씨의 갈 길을 돕기 위해 내가 결단을 내렸다. "어쩔 수 없죠. 어차피 이 거미줄을 끊어야 하니까요." 아저씨는 "그럼"이라고 대답하고는 거미줄을 끊었다. 솜씨 좋게 거미줄 끝을 두 군데만 쳐내니 거미는 거미줄과 함께 다리 건너 풀숲으로 넘어갔다. 우리는 서로 수고하라는 인사를 남기고 헤어졌다.

　실용적인 이유였겠지만 어찌 됐든 거미가 다치지 않게 거미줄을 끊은 아저씨의 섬세함에 기분이 좋았다. 사진을 찍는 나를 기다려주고, 거미줄을 끊어야 한다고 조심스럽게 말해줘서 고마웠다. 그날 아침, 거미는 맛있게 즐기던 아침식사를 마무리하지 못했지만, 다시 거미줄을 칠 기회를 얻었다. 거미줄 앞에서 마임을 하는 대중적이지 못한 취향을 가진 나도 거미와 함께 아저씨의 배려를 받는 기분이었다. 글쓰기 친구가 전해준 지렁이 구하기 소식에 기뻤던 것도 같은 맥락이다. 나를 따라 나뭇가지로 지렁이를 옮기려고 안간힘을 쓰는 그의 모습을 상상하니 타인의 독특할 수도 있는 행동을 의아해하면서도 이해해보려는 노력이 보였다. 죽은 나비를 옮겨주던 사람을 만난 것만큼이나 감동적이었다.

미물에게 마음을 쓰는 이들이 있다. 그들이 평소에 어떤 사람이든 관계없이 한 생명이 다른 생명을 존중하는 순간을 목도하는 일은 감격스럽다. 그 시도가 의미를 알 수 없는 비효율적인 에너지의 낭비에 지나지 않더라도 그런 풍경을 만나면 나는 마음속으로 살 만한 세상이라고 휘파람을 분다.

아름다운 연둣빛을
손안에

··

사마귀

하늘이 검푸르게 물들어가던 저녁이었
다. 전철역 지상 승강장에 내려 계단을 오르는데 연두
색으로 빛나는 작은 물체를 발견했다. 사마귀! 양옆으
로 철로가 지나는 승강장 가운데 사마귀라니. 넌 어디
서 날아온 거니? 화장실이 급해서 그냥 지나칠까 하다
가 연둣빛이 예뻐 급하게 가방을 뒤졌다. 아까 길에서
오며 가며 같은 사람에게 전단을 두 장이나 받았는데
사마귀 만나려고 그랬구나. 사마귀는 왠지 무서워서 내
손과 사마귀 사이에 최소한의 안전공간을 확보해야 하
는데 전단지 사이즈가 작아서 한 장으로는 모자랐다.

두 장을 펼쳐 조심스럽게 사마귀를 올렸다.

손만 닿아도 뾰족뾰족한 가시가 달린 날카로운 앞발로 손가락을 낚아채 물어버릴 것만 같았다. 사마귀를 들고 계단을 올라 개찰구를 통과해 밖으로 나갈 때까지 사마귀가 혹시라도 손 쪽으로 기어올까 노려보다시피 살피며 걸었다. 자세히 보니 조형적으로 굉장히 아름다웠다. 조그만 역삼각형 머리 위에 양쪽으로 달린 빛나는 눈. 머리 위에 얇고 길게 나 있는 섬세한 더듬이. 시원시원하게 뻗은 몸체는 우아하고, 부드럽게 나온 배가 귀여움마저 더했다. 흔들리는 종이 위에서도 뒷다리 네 개는 바닥에, 앞다리는 가슴 앞에 잘 접어 자세를 유지하고 있었다. 무엇보다 사마귀가 뿜어내는 강렬한 연둣빛이란.

역 광장에는 널따란 풀밭이 없어 아쉬우나마 사람들이 찾지 않을 것 같은 구석 화단으로 갔다. 전단지를 나무 쪽으로 내미니 똑똑하게도 쏙 하고 나뭇잎으로 옮겨 갔다. 그런 다음 화장실로 되돌아갔어야 했는데, 사마귀에 정신이 팔려 바로 버스를 타는 바람에 일이 꼬였다. 참아보려고 했지만 결국 중간에 내리고 말았다. 아름다움을 만나기 위해서는 때로 희생이 필요한 법이다.

곤충을 좋아하는 사람들 사이에서 왜 사마귀가 인기인지 짐작이 갔다. 사마귀는 아름답고 위험하고 매혹적이다. 곤충에게는 잔인한 사냥꾼이며 경우에 따라 짝짓기 중에 암컷이 수컷을 먹는 생태적 습성을 보여주기도 한다. 반면 인간의 손에서는 대체로 얌전하고 먹이도 잘 먹고 알집도 잘 만들어 사육이 쉬운 편이라고 한다. 곤충 채집을 하는 아이들에게도 사마귀는 매력적인 포획물이다. 북서울 꿈의숲에서 산책하던 날, 다정한 가족을 봤다. 엄마 아빠와 걷고 있는 아이의 손에 들린 곤충채집통에는 커다란 사마귀가 세 마리나 들어 있었다.

이쯤에서 나의 미물 인생에 큰 영향을 준 아빠의 이야기를 꺼내지 않을 수가 없다. 아빠는 어릴 때부터 곤충을 좋아해 왕잠자리를 실로 묶어 한 손에 쥐고 밥을 먹은 적이 있을 정도라고 했다. 좋아하는 생물이 눈에 띄면 무조건 잡고 보는 채집형 인간이지만 한 가지 원칙이 있었다. 잡은 후에는 꼭 풀어줄 것. 피라미나 가재는 어항에서 금붕어와 같이 키우기도 하고 채집 후 방생이 되지 못한 채 짧은 생을 마감한 도롱뇽도 지금 생각나긴 하지만 대부분 원칙은 잘 지켜졌다.

그런 배경으로 나는 곤충을 잡아 집에 가져가는 아이들의 마음을 이해하지 못했다. 신기하고 귀엽고 아름다운 생명체를 눈에 담는 것으로 만족하지 못하고 집에 가져가는 행동이 아이의 순수함이라기보다는 귀한 것을 소유하고 싶어 하는 인간의 본능처럼 느껴졌다. 내가 그 또래였던 시절, 아이의 손에 잡힌 곤충들이 어떤 최후를 맞는지 수없이 봤기 때문에 더 그랬다. 어른이 된 후 자녀 없는 결혼 생활을 하다 보니 아이들과 함께 풀밭을 거닐며 다른 생명을 관찰할 기회가 없는 것도 곤충을 손에 쥐고 집으로 돌아가는 아이들에 대한 이해가 어느 지점에서 멈춰버린 이유였다. 그래서 귀여운 어린이가 사마귀를 잡아 뿌듯한 마음으로 집에 돌아가는 모습을 보면서도 달갑지가 않았다. 그냥 풀어주지. 어차피 집에 가면 죽을 텐데.

모자란 경험은 책으로 채울 수밖에 없다. 얼마 전 곤충에 관한 책을 한 권 읽고는 곤충채집에 관해 부정적이기만 했던 시선에 변화가 생겼다. 《곤충 수업》이라는 책에는 곤충학자인 저자가 아이들과 함께 곤충 관찰 수

업을 하는 장면이 나오는데 관찰한 후에는 아이들에게 곤충을 다시 풀어주도록 안내한다고 한다. 곤충을 집에 데려가 키우고 싶어 하는 아이에게는 키우는 방법을 잘 찾아보도록 알려주고, 다음에 만나 그 곤충이 어떻게 됐는지 꼭 물어본다고 했다. 아이가 신경을 써도 곤충이 죽을 수 있지만, 이 역시 하나의 교육이라고 생각한다는 대목에서 아빠가 내 손에 쥐어줬던 곤충들이 떠올랐다. 어린아이의 조심성이 부족한 손길에, 벌레들은 쉽게 부스러지지만 그런 경험이 없었다면 나 역시 가을 사마귀의 아름다움에 눈을 뜨게 된 현재에 이르지 못했을 것이다. 곤충을 잡아 의도치 않게 죽이더라도 그런 경험은 아이들이 자연과 친해지는 과정이며, 그 과정에서 어른들이 생명을 올바르게 대하는 태도를 보여줘야 한다는 것에 공감했다.

날고 기는 생명들을 마주치면 나도 모르게 내 옆에 아이가 있다면 하고 상상할 때가 있다. 곤충을 좋아하는 아들과 함께 숲을 산책한다면. 잡은 곤충을 꼭 집에 데려와야만 하는 탐구심 가득한 딸이라 자꾸 사마귀를 집에서 키우겠다고 한다면. 아이가 없어 아이와 함께 새

롭게 자연을 배워나가지 못한다는 것이 아쉽지만, 그래서 내가 이 책을 쓰게 됐는지도 모른다. "이것 좀 봐. 이렇게 멋진 생명이 우리 곁에 있다니." 같이 곤충을 바라보고 호기심 가득한 눈을 반짝이며 대화를 나눌 존재가 옆에 없으니 대신 글로 이 마음을 누군가와 나누고 싶은 걸 수도.

북서울 꿈의숲에서 아이가 데려간 세 마리 사마귀는 어떻게 됐을까? 어떤 결말이든 생명의 신비로움을 느끼며 사마귀를 바라봤던 순간이 아이의 마음 안에서 고운 방향으로 자랐으면 좋겠다. 내가 반했던 사마귀 또한 가을이 깊은 계절에 만났으니 얼마 살지 못하고 죽었을 것이다. 사마귀의 수명은 1년이 되지 못한다고 한다. 늦여름에 성충이 되어 번식을 하고 가을이 끝나기 전에 생명을 다한다. 오히려 사람이 키우는 사마귀가 먹이 공급이 원활하고 온도가 유지되어 늦은 겨울까지 생존하는 경우가 있다고. 그래도 자연의 빛은 자연 안에서 빛나고 그 속에서 사그라지는 것이 더 어울리지 않을까. 내 손에서 나무로 옮겨간 아름다운 연둣빛이 점차 짙어져 가는 가을 저녁의 어둠 속에 부드럽게 가라앉은 것처럼.

나무로
기억되는 사람

··

박태기나무와 계수나무

해마다 4월이 되면 자주색 꽃이 밥알처럼 가득 열리는 나무가 있다. 박태기나무의 진하디진한 꽃이 봄의 여기저기 꾹꾹 도장을 눌러 찍는 계절이면 나는 집 근처를 산책할 때도, 오랜만에 찾은 서촌에서도, 버스를 타고 창밖을 쳐다보면서도 나무를 보며 한 사람을 생각하고야 만다. 말간 얼굴에 안경을 쓴 대학 동기. 다정한 말투에 수줍은 미소를 짓는 그가 좋았다.

그의 이름을 가진 나무가 있음을 안 것은 대학을 졸업하고도 아주 나중으로 "신기한 일도 있네!"라는 한마디로 지나칠 법한 일이었다. 그런데 박태기나무의 꽃이 보통 빛이어야지. 이름이 각인되고 나니 나무를 볼 때마다 그를 떠올리지 않을 수 없었다. 과거를 추억하기보다는 미래를 걱정하는 편이지만 봄이면 그가 생각나고, 그가 생각나면 동기들이 모여 비디오테이프에 녹화된 일본 드라마를 보던 과방이, 과방 아래 농구장에서 들려오던 농구공 튕기는 소리가, 공강이면 학교 밖을 나가 정처 없이 한강까지 걷고 걷던 여유가 살아났다. 머릿속에 남아 있다는 것이 믿기지 않을 정도로 다채로운 기억들이 재생되는 바람에 박태기나무를 보면 자꾸 나는 하얀 볼이 통통했던 대학생이 된다.

박태기나무가 유달리 더 눈에 띄던 해에는 우리가 평범한 동기로, 지나가다 마주치면 밥은 먹었냐고 묻는 정도의 적당한 호감과 거리감을 동시에 가진 친구 사이였다는 것이 다행으로 여겨질 정도였다. 만약 그가 나의 실패한 첫사랑이었다면 매년 봄마다 나는 어디를 가더라도 나무를 보며 아픈 마음 한구석까지 어루만져야 했을 것이다.

이 글을 쓰며 졸업하고 처음으로 다른 친구에게 그의 전화번호를 물어 메시지를 보냈다. 해외에 있다는 그에게 답이 온다면 나무로 기억되는 기분이 어떤지 묻고 싶었다. 박태기나무가 같은 이름을 가진 이에게 연락을 취해볼 수 있는 지상의 나무라면, 더 이상 말을 걸 수 없는 사람이 떠오르는 나무도 있다. 명패 없이는 이름을 몰랐을 동그란 잎이 달린 나무, 계수나무다. 계수나무를 처음 본 날, 달에 있다는 계수나무가 실재한다는 사실이 기쁘면서도 믿어지지 않았다.

계수나무를 볼 때마다 할머니를 생각했다. 계수나무의 줄기를 따라 난 길고 촘촘한 주름처럼 할머니와 보냈던 날들이 내 기억에 자리 잡고 있었다. 작고 가녀렸던 할머니는 언제나 단정하고 부지런하고 차분했다. 새벽 5시면 일어나서 발끝을 부딪치고 기지개를 켜며 맨손체조를 했다. 어둠 속에서 초를 켜고 묵주기도를 드렸다. 허리가 많이 아파 자주 쉬면서도 쉼 없이 무언가를 하셨다. 돋보기를 끼고 신문을 읽었고, 짬나는 시간마다 광고지로 종이 바구니를 접었다. 종이 바구니는 나중에 생선뼈를 버리는 용도로 사용했다. 할머니의 집은 항상 깨끗했다. 할머니가 콩을 넣어 만든 오재미를 꺼낼 때 들여다본 서랍장 안에는 오래된 물건들이 마치

새것처럼 가지런히 정리되어 있었다. 할머니와 나는 오재미를 던지고, 실뜨기를 하고, 〈나는 포도나무요〉라는 성가를 함께 불렀다. 그리고 동요 〈반달〉에 맞춰 쎄쎄쎄를 했다. 손뼉 치기를 할 나이가 한참 지난 후에도 오래된 종이 향이 은은하게 감도는 할머니의 집에 갈 때마다 나는 할머니와 손을 부딪쳤다. 나와 할머니만의 특별한 놀이였다.

> 푸른 하늘 은하수 하얀 쪽배에
> 계수나무 한 나무 토끼 한 마리
> 돛대도 아니 달고 삿대도 없이
> 가기도 잘도 간다 서쪽 나라로

세월이 흐르고 기력이 쇠한 할머니가 더는 혼자 지낼 수 없는 날이 왔다. 막냇삼촌의 집으로 거처를 옮기기 전날, 할머니는 집을 떠나는 것을 슬퍼했다. 처음이자 마지막으로 본 할머니의 울먹이는 모습이 아직도 가슴 아프게 남아 있다. 그 이후 할머니의 여생이 어떤 모습이었는지 나는 자세히 모른다. 할머니는 멀리 있었고

나는 바빴다. 그사이 할머니가 우리 집에 잠시 와 계셨던 때가 있었다. 그때 할머니는 이 나이가 되어보니 즐겁게 살지 못한 것이 후회된다고 했다. "즐겁게 살아라. 그게 최고다." 항상 흐트러짐이 없던 할머니에게서 들을 거라 상상하지 못했던 말이었기에, 말을 마치고 할머니가 나를 바라보며 환하게 웃었기에, 즐겁게 살라는 문장을 할머니의 유언처럼 깊게 가슴에 새겼다.

계수나무를 볼 때마다 할머니를 생각했는데 얼마 전 책을 읽다 계수나무가 옛사람들이 달나라에 있다고 여긴 그 계수나무가 아니라는 것을 알게 됐다(지금 우리가 보고 있는 계수나무는 일본에서 들여올 때 일본 한자명을 그대로 가져왔기 때문에 계수나무라는 이름을 갖게 됐다고 한다). 눈앞의 나무가 달나라의 계수나무라고 철석같이 믿어왔기에 당황스러웠지만 지금은 할머니와 내가 같이 노래하던 반달 위에 어떤 나무가 자랐다 해도 상관없다.

나무 이름을 가진 동기에게 답이 왔다. 지인들이 박태기나무를 볼 때마다 사진을 찍어 보내준다고 했다. 나무를 보며 자신을 한번 더 생각해줘서 고맙다고, 기분이 좋다고도 했다. 메시지 속에서 그는 여전히 말갛고 수줍었던 시절처럼 상냥했다.

만약 나도 사람들에게 나무로 기억될 수 있다면 어떤 나무가 좋을까? 키가 작은 나무가 어울리겠어. 산책길에서도 화단에서도 쉽게 볼 수 있지만, 평소에는 눈에 띄지 않는 특별할 것 없는 나무. 때가 되면 은은한 향기를 풍기는 조그만 꽃을 잔뜩 피워 마음이 여유롭고 걸음이 느린 몇몇에게 자신의 존재를 알리는 그런 나무. 일부러 가던 길을 멈추고 나무를 바라보는 사람들이 나중에 그 이름을 알고는 '풋!' 하고 웃을 수 있는 나무. 서늘한 계절이 되면 작고 까만 열매가 귀엽게 열리는 쥐똥나무. 그게 좋겠다.

참고도서
조현진,《식물 문답》, 눌와

저도 고통을
느낀답니다

....

물고기

많은 이들이 어린 시절, 횟집에서 얇게 뜬 살을 몸에 얹은 채 뻐끔거리는 물고기와 시선을 마주하고 놀란 적이 있을 것이다. "엄마, 물고기가 살아 있어!" 아이의 비명에도 어른들은 대수롭지 않게 초고추장을 찍은 투명한 회 한 점과 편마늘과 쌈장을 상추에 올린 다음, 한입 크게 넣고 꼭꼭 씹는다. 지금 당신의 눈가에는 눈물이 고이는가? 아니면 입안에 침이 고이는가? 회를 먹은 지 1년도 넘은 것 같은데…라고 쓰고 보니 얼마 전에 연어덮밥을 먹은 일이 기억났다. 정확히 말하자면 접시에 얇게 펼쳐 나오는 회를 상추에 싸서 볼이 터지게 먹은 게 1년도 넘은 것 같은데 글을 쓰는 지금 내 입 안에는 침이 고이고 있다. 술을 잘 마시지 않지만 소주 한잔도 같이 떠오른다.

물고기와 눈이 마주쳐 철렁했던 순간을 뒤로하고 우리는 쫀득쫀득한 회를 사랑하는 어른이 된다. 회뿐만 아니다. 오메가3가 풍부한 등 푸른 생선은 맛까지 좋고, 오징어 튀김은 고소하고, 문어숙회는 탱탱, 몸이 허할 때는 추어탕이 최고에, 김밥은 참치김밥이 으뜸이다. 물고기와 눈이 마주쳤을 때 아이의 마음속에서 들리던 끔찍하고 잔인하다는 외침은 희미해졌다.

음식으로서의 물고기를 사랑하는 인간으로 성장한 내게는 확고한 취향이 있다. 민물에서 난 물고기는 좋아하지 않는다. 민물고기 중에서 유일하게 먹는 건 미꾸라지인데 갈아 만든 추어탕은 먹지만 통추어탕과 미꾸라지를 통째로 튀긴 튀김은 먹지 못한다. 맛의 기호성이 문제가 아니라 어린 시절의 기억이 있어서 그렇다. 하천에서 가족과 함께 물고기를 잡던 여름. 아빠는 물에 통발을 놓고 그물을 펼쳐 피라미를 잡았다. 옆에서 나와 남동생은 다슬기를 주웠다. 피라미가 가득 잡히면 매운탕을 끓이기 위해 손가락만 한 물고기의 배에서 내장과 부레를 짜냈다. 나도 아빠를 따라 했는데 기분이 좋지 않았다. 내 손으로 직접 생명을 빼앗는다는 감각이 징그러워서. 집에서 금붕어를 키우기도 했다. 손가락을 수면 위에 대면 머리가 구름처럼 몽실몽실한 오란다 금붕어가 뻐끔거리는 입을 손가락에 갖다 댔다.

사회생활을 하기 전에는 민물매운탕을 좋아하는 사람이 그렇게 많은 줄 몰랐다. 구청에서 가끔 국장님을 모시고 점심을 먹어야 했는데 하필 국장님의 최애 메뉴가 잡고기 매운탕이었다. 국장님은 호탕하고 친절해서 함께 밥을 먹는 일이 불편하지는 않았지만, 식사를 같이하는 날이면 허기가 졌다. 국물만 조금 떠서 밥에 비빈 다음 깍두기를 곁들여 먹었다. 그마저도 입맛이 떨어져(열이 펄펄 끓어도 입맛만은 살아 있는 체질인데도) 밥 한 공기를 다 비우지 못했다.

대신 바다 생물은 직접 키워본 적도, 죽여본 적도 없었던 까닭일까. 쉼보르스카의 시에 모든 메뉴는 일종의 부고訃告라는 말이 나오지만 내게 짠물에서 사는 그들은 삶도 죽음도 없는 단백질 공급원일 뿐이었다. 광어회와

연어초밥과 낙지볶음과 새우튀김과 고등어조림은 아무리 많이 먹어도 내가 그 죽음에 책임질 필요가 없었다. 그대로 아무런 일이 없었다면 편했을 텐데. 왜 갑자기 장어구이를 먹고는 장어를 그리기 위해 인터넷을 검색했을까. 살아 있는 장어의 사진은 희귀하고 죄다 장어구이 사진뿐이었다. 장어는 깊고 먼 바다 밑에서 번식을 하며 그 생태가 베일에 가려져 있는 미스터리한 물고기지만 인간은 식재료로만 취급한다. 장어의 귀여운 눈은 보지도 않은 채 기름기가 도는 고소한 보양식이라는 사실에 열광한다.

아마 그때였던 것 같다. 자꾸 수족관에 있는 광어와 눈이 마주치고, 복어의 표정이 장난꾸러기처럼 보이고, 살아 있는 새우가 물속에서 얼마나 활기차게 움직이는지, 배를 뒤집고 죽어 있는 친구 옆에서 방어가 얼마나 무기력하게 보이는지 신경이 쓰였다. 그 뒤로 잡식주의자로서의 모순된 심경을 글에도 담기 시작했다.

아직 갈 길이 멀긴 하지만 동물을 대하는 인식은 발전하고 있다. 예전에는 고기를 먹지 않는다고 하면 유별난 사람으로 여겼지만, 지금은 살아 있는 것을 해치지 않기 위해 비건을 실천하는 인구도 늘고 있다. 나만 해도 돈을 더 주고라도 동물복지 인증을 받은 고기나 달걀을 사는 한편 고기의 섭취 비율을 줄이려는 노력도 하고 있다. 그렇다면 고기의 비중을 줄인 만큼 필요한 단백질은 어디서 얻고 있을까. 두부도 자주 먹긴 하지만 소고기와 돼지고기 대신 고등어와 삼치를 굽고, 닭 가슴살 대신 오징어를 데쳤다. 아무 거리낌 없이 말이다. 육고기의 빈자리를 해산물로 대체하면서 동물을 위한다는 기분마저 들었다. 머릿속에서 물고기는 동물이 아니었다.

물고기를 함부로 대하는 것이 당연한 세상에서 살았다. 뒤늦게 이런 생각이 든다. 어릴 적, 횟감 물고기와 눈이 마주쳤을 때 들었던 목소리가 진실은 아니었을까. 디즈니 만화 〈인어공주〉에 흐르는 'Under the Sea'는 흥겹지만 바다 밑에서는 아무도 우리를 칼질하고 튀겨서 요리해 먹을 수 없다는 가사가 물고기의 입장에서는 비극적이기도 하다. 물에서 사는 것들은 땅에서 사는 것들만큼 똑똑하지도 고통을 느끼지도 않는다며 생명체의 지위를 박탈하고, 오직 군침을 돌게 하는 음식으로

서 그들을 대하도록 세뇌되어 살아온 것은 아닐까? 살아 있는 낙지를 펄펄 끓는 해물탕에 던져 넣고 그 앞에서 우리는 손을 모아 환호하며 외친다. "맛있겠다!"(슬프게도 또 입안에 침이 고이고 있다.) 저놈으로 잡아달라며 수족관 속 살아 있는 물고기를 고르고는 산 채로 살이 떠지는 물고기의 몸부림을 지켜본다. 물에 사는 것들은 정말 우리만큼 고통을 느끼지 못할까? 물고기가 고통을 느끼는지에 대해 과학적으로도 오랫동안 의견의 일치가 이루어지지 않았는데, 현재는 물고기도 고통을 느낀다는 쪽이 지배적이다.

보고 싶은 다큐가 있었다. 문어가 나온다고 했다. 재밌고 감동적이라는 평을 듣고도 재생 버튼을 누르기가 어려웠다. 보고 나면 불편함이 하나 더 생길까 봐. 알고 나면 마음 편히 살아 있는 뭔가를 먹던 과거로 돌아가지 못하는 불편이 귀찮았다. 1년에 문어를 먹을 일이 얼마 없긴 하지만 그래도 혹시라도 문어를 먹을 기회가 생긴다면 그 기회 앞에서 주춤하고 싶지 않은 이 인간의 욕심.

결국은 문어가 나오는 다큐멘터리를 다 봤다. 〈나의

문어 선생님〉이란 제목만 보고도 예견한 대로 펑펑 울고 말았다. 접시 위가 아니라 바다 속에서 문어는 똑똑하고 아름다웠다. 비록 병아리를 키운 적이 있으면서도 치킨을 먹고 〈꼬마 돼지 베이브〉가 인생 영화이면서도 돼지고기를 먹는 이율배반적인 인간이지만 사람 품에 안기는 모습까지 봤는데 어떻게 문어를 먹을 수가 있어. 적어도 반년 정도는 문어를 먹지 않을 생각이다. 그렇다면 그 후에는? 바다에 사는 생명을 음식으로만 봐왔던 지금까지의 무정한 눈빛을 거두고 어제보다 덜 잔인하게, 더 다정하게 그들을 바라볼 수 있을까?

화분 위에 피어난
크리스마스

....

인도고무나무

엄마는 화초를 키웠다. 내가 초등학교 3학년이 될 때까지 우리 식구는 단칸방에 살았다. 방에는 작은 부엌이 딸려 있었는데 거기서 밥도 하고 세수도 하고 목욕도 했다. 화장실은 마당을 지나 연탄을 보관하는 광 옆에 있었다. 화초 키우기는 거실이 있는 아파트로 이사를 가고 나서야 생긴 엄마의 취미생활이었다. 나는 어려서 방 한 칸에서도 부족함을 느끼지 못했지만, 겨울이면 매일 새벽 연탄을 갈고, 좁은 부엌에서 물을 데워 애들을 씻겼을 젊은 엄마는 새집으로 이사를 하며 가슴이 벅찼을 것이다. 그때 식물을 키우고 싶은 생각이 들었다고 엄마는 말했다. 거실 한편에 화분이 줄줄이 생겼다. 화분 사이에는 고무대야에 자갈을 깔고 금붕어도 키웠다. 시멘트로 지어진 아파트 안에 초록색 숲이 생겼다.

식물과 함께 생활했지만 나는 그들을 기억하지 못했다. 다양한 이름을 가졌을 식물을 한데 뭉뚱그려 화초라고만 불렀다. 그 가운데 이름을 기억하는 것은 진초록 이파리가 반짝반짝 윤이 나던 고무나무뿐이었다. 크리스마스를 맞아 엄마는 문방구에서 파는 알록달록한 전구와 반짝이 모루를 고무나무에 둘렀다. 아직 다 자라지 않아 키가 작고 이파리가 몇 장밖에 없던 고무나무는 소박한 장식을 달고 우리 집의 크리스마스트리가 됐다.

그 후 수많은 크리스마스를 보냈다. 위로 접힌 가지를 하나하나 아래로 잡아당겨 만드는 숱 없는 인조 트리를 집에 들이기도 하고, 잘사는 친구네서 천장까지 닿는 웅장한 트리를 구경하기도 했다. 영국에서 어학연수를 할 때 머물렀던 호스트 패밀리의 집에서는 진짜 나무에다 오래도록 간직하며 사용하고 있는 다양한 크리스마스 오너먼트를 달았다. 연말이면 시내 곳곳을 밝히는 거대하고 화려한 크리스마스 장식들을 볼 때마다 가슴이 두근거렸다. 하지만 아무리 훌륭한 크리스마스 트리를 봐도 키 작고 윤이 나는 고무나무가 생각났다.

부모님에게 어린 시절 고무나무에 전구를 달아 크리스마스를 기념했던 일이 기억나느냐고 물었더니 "우리가 고무나무에 크리스마스 장식을 해줬었니?"라는 반문이 돌아왔다. 크리스마스의 추억을 생생하게 간직하기에 그 시절 엄마 아빠는 열심히 돈을 벌고, 그 돈을 아껴 살림을 하고, 아이 둘을 키우느라 너무 바빴다. 함께 크리스마스의 추억을 떠올리지는 못했지만 대신 엄마가 키웠던 식물 이야기를 나눴다. 고무나무 말고는 주위가 깜깜했는데 엄마와 핸드폰으로 식물 사진을 검색하자 조명이 하나씩 켜지며 어둠 속에서 군자란이, 행운목이, 벤자민이 나타났다. 스킨답서스와 아이비, 산세베리아와 스파티필룸도 등장했다. 엄마는 예전에 키웠던 식물들을 떠올리며 행복해했다.

햇빛이 잘 들지 않는 좁은 집에 고양이까지 바글거려 집 안에서 식물을 키울 엄두를 내지 못하는 나는 궁금해졌다. "엄마, 식물을 키우는 마음은 어떤 거야?" 엄마는 처음 받아보는 질문에 당황하면서도 이내 식물도 생명이기에 항상 세심하게 신경을 써야 한다며, 화초가 자라나는 모습이 예쁘다고 했다. 지금까지 키운 식물 중에 가장 인상에 남는 것이 뭐냐고 묻자 행운목이라고 답했다. "우리 집 행운목이 크게 자랐잖아. 꽃도 피고. 행운목에 꽃이 피면 집에 좋은 일이 생긴다고 그래서 정말 기분이 좋았어." 행운목에 꽃이 폈을 때 행복한 소동이 벌어졌던 것이 그제야 기억났다.

이름은 낯설지만 사진으로 보면 친숙한 식물들과 함께 자랐다고 생각하니 호기심이 생겼다. 집에서 키울 수 있는 식물의 종류가 다양했다. 식물마다 잘 키우는 방법이 따로 있어 공부해야 할 것도 많았다. 신세계였다. 이름에 고무나무가 들어가는 식물도 뱅갈고무나무, 벤자민고무나무, 팬더고무나무, 떡갈잎고무나무, 대만고무나무 등 여러 가지다. 우리 집 크리스마스트리 역할을 했던 나무의 정확한 명칭이 인도고무나무라는 것도 처음 알았다.

오늘 하루 감사하는 마음으로 살자고 매번 다짐하지

만 잠시라도 방심하면 다른 이들에게는 있고 내게는 없는 것들이 비집고 들어온다. 최근에 이사가 너무 하고 싶었다. 코로나로 집콕하는 기간이 길어지다 보니 방이 두 개인, 그마저도 하나는 창고로 쓰고 있는 집이 갑갑했다. 식탁 겸 작업용으로 쓰는 테이블 위에 책이 쌓이고, 고양이 장난감이 발끝마다 차이고, 비좁은 거실을 가로지를 때마다 자꾸 남편의 발이 걸리고… 불평이 늘어갈수록 SNS에서 봤던 큰 창으로 햇살이 쏟아지는 넓은 집, 아름다운 빛깔의 목재로 만든 고급스러운 작업실 책상과 척추를 탄탄하게 받쳐줘서 허리 디스크 따위는 생길 틈이 없을 것 같은 고가의 의자가 어른거렸다. 결국은 대청소로 마음을 달래며 이사를 포기하긴 했지만, 한동안 집의 모든 것이 낡고 지저분하고 복잡했다. 난방도 제대로 되지 않는 월세 집에 살다가 이곳으로 이사 왔을 때의 기쁨은 까마득하게 잊고 말이다.

　마음의 균형이 깨진 틈에서 갑자기 욕망이 자라나니, 내가 가진 것들의 가치가 작아지고 고작 그것밖에 손에 넣지 못한 내 능력이 보잘것없게 느껴질 뻔했다. 다행히도 내 안에서 오랜 시간 뿌리를 내린 고무나무가 중심을 잡아주는 계절이 찾아왔다. 추운 저녁, 어깨를 잔뜩 움츠리고 종종걸음으로 집에 돌아와 문을 여는데 따뜻하고 달콤한 집의 공기가 나를 감싸 안았다. "역시 내 집이 최고야!" 불과 얼마 전까지만 해도 당장 이사를 가겠다며 난리를 치던 사람이 맞는지. 다른 것은 그대로인데 겨울이 왔다고 하루아침에 집의 고마움을 쉽게 되찾다니! 사람의 마음이 간사하다는 것이 좋을 때도 있다.

창고 방에 숨겨져 있던 크리스마스 장식을 꺼냈다. 알전구 사이에 빨간색 볼이 달린 줄과 발레 공연을 관람하고 산 호두까기 인형이 전부다. 마음속, 단출하지만 최고의 크리스마스트리였던 인도고무나무에 환하게 불을 밝히고 화분 하나 없는 작고 따뜻한 집에 내릴 크리스마스를 기념해야겠다. 진즉에 어른이 됐으니 산타할아버지에게 선물을 받지는 못하겠지만 누가 알까. 지금 내 손안에 놓인 것들에 감사하고 만족하며, 꿈꾸고 소망한다면 언젠가는 햇빛이 잘 들어오는 넓은 방 한 칸에 따로 작업실을 만들고 그 창가에, 엄마가 그랬던 것처럼 초록 화분들을 나란히 놓는 날이 선물처럼 찾아올지.

제 몫의 삶을 다하고 떠난
생명에게 존경을

....

고양이

유난히 자주 죽음을 만난 여름이 있었다.
나비는 차바퀴에 깔려, 송충이는 땅에 떨어져 죽었다.
알을 품은 채로 누군가의 발에 밟혀 죽은 알락하늘소와
둥지에서 떨어졌는지 호수에 빠져 죽은 어린 해오라기
를 봤다. 상처 하나 없이 보도 가운데 누워 있던 쥐는 자
는 듯 보였고, 호숫가 산책로에는 매일 아침 풍뎅이들
이 나뒹굴고 있었다. 죽음 뒤에 남겨진 생명의 흔적을
수도 없이 발견했다.

그 여름, 내 고양이에게도 죽음이 찾아왔다. 13년 6개
월을 같이했던 고양이의 생명이 꺼져가는 과정을, 마지

막 숨을 내쉬는 동시에 따뜻했던 몸이 주인을 잃고 텅 비어버렸던 순간을 지켜봤다.

흰색 털에 검은색 무늬, 분홍 코에 눈이 초록색으로 빛나던 고양이였다. 먹을 것을 좋아했고 대담했으며 삶에 대한 열정과 나를 향한 사랑이 강렬했던 녀석이었다. 갑자기 밥을 먹지 않아 병원에 갔더니 위에 커다란 종양이 보인다고 했다. 불과 3개월 전에 검사를 받았을 때는 혹도 없고 모든 수치가 정상이었는데 그사이에 백혈구 수치가 크게 증가했고 빈혈이 생겼다. 고양이는 2주 후 무지개다리를 건넜다.

누군가 내게 물은 적이 있다. 고양이들이 죽으면 어떡할 거냐고? 많이 슬프지 않겠냐고. 나는 《탈무드》에 나오는 하느님이 맡긴 보석에 대한 이야기를 꺼냈다. 랍비가 집을 비운 사이에 아픈 두 아들의 상태가 악화되어 죽었다. 집에 돌아온 랍비에게 아내는 어떤 사람이 값비싼 보석을 맡겼는데 갑자기 그 보석을 찾아가겠다고 하면 어떻게 해야 할지를 물었다. 랍비는 돌려줘야 한다고 대답했고, 이에 아내는 하느님이 자신들에게 맡긴 두 개의 보석을 가져갔다고 말한다.

종교는 없지만 나 또한 그렇게 생각하고 싶었다. 언젠가 되돌려줘야 할 보석처럼 고양이들과 함께하는 삶을 소중하게 보내다가 때가 오면 너무 슬퍼하지 않고 보내주겠다고 했다. 고양이의 수명이 인간보다 짧다는 것은 누구나 알고 있는 사실이고, 그들의 끝을 지켜봐야 하는 것이 나의 일이라고 말이다. 말을 마치고 나는 스스로 대답에 흡족했다. 듣고 있던 사람들도 감탄한 눈치였다. 결론부터 말하자면 그때 나는 겪어보지 않은 죽음 앞에서 자만했었다.

병원에 다녀온 날부터 고양이는 밥을 먹지 않았다. 털을 고르는 일도 멈췄다. 어두운 화장실에 숨어 들어가 차가운 타일 위에 누웠다. 내가 할 수 있는 일이라고는 밥을 먹지 않은 고양이에게 주사기로 유동식을 먹이고 혹시나 통증이 심할까 작은 입을 벌려 억지로 약을 먹이는 일 정도였다. 삶의 끝을 향해 가는 고통스럽고 외로운 과정은 고양이의 몫이었다. 죽음을 앞둔 고양이에게 내가 해줄 수 있는 일이 얼마 없다는 사실에 절망과 무력감을 느꼈다. 언젠가 다가올 죽음을 상기하며 틈나는 대로 예정된 이별을 담담하게 받아들이기 위해 준비해

왔는데 오랜 노력이 무색했다. 너무 괴로워서 견딜 수 없어지면 눈물이 가득한 얼굴로 호숫가로 향했다.

이상기후 때문인지 흙길 위에 예년보다 많은 풍뎅이가 죽어 있었다. 정확히 어떤 종류의 풍뎅이인지는 잘 모르겠지만 색이 까맣고 그 수가 너무 많아, 멀리서 보면 땅에 짓이겨진 블루베리 같았다. 풍뎅이를 밟지 않기 위해 땅만 보며 걸어야 했다. 이미 여러 번 밟혀 납작해진 녀석들 사이에 잠들듯 평화롭게 죽어 있는 풍뎅이도 있었다. 기운이 빠진 채 배를 드러내고 천천히 죽음을 기다리는 풍뎅이가 있는가 하면, 몸의 일부만 살짝 밟혀서 다리를 휘적거리며 죽어가는 녀석도 있었다.

풍뎅이의 죽음은 고양이의 죽음보다 쉬울까? 고양이의 죽음은 사람의 죽음보다 가벼울까? 이 세상에 작은 죽음이 있는지, 쉬운 죽음이 있는지 알 수가 없었다. 다만 풍뎅이가 죽는 것처럼 고양이도 죽고, 나도 언젠가 죽는다는 사실만 알았다. 죽음이란 우리 모두 줄을 서서 통과해야 할 특별하면서도 평범한 사건이라는 생각이 들었다. 풍뎅이를 밟지 않기 위해 조심스레 죽음 사이를 걷던 시간이 내게 용기가 되었다.

누구나 거쳐야만 하는 시간이라면 세상이 무너질 듯 비참한 심정으로만 이별을 맞이하고 싶지 않았다. 슬픔을 뒤로 미루고 고양이의 곁을 지켰다. 그날이 됐다. 침대 위에 있는 고양이를 쓰다듬었는데 기운 없고 통증이 묻어나는 짧은 울음소리를 냈다. 숨이 점점 거칠어지더니 순식간에 고양이는 숨을 꺽꺽 내뱉기 시작했다. 고양이가 떠날 거라는 직감이 들어 최대한 몸을 가까이 했다. "걱정 마, 고돌아. 내가 끝까지 너랑 같이 있을게. 사랑해"라고 속삭였다. 갑작스러운 정적. 나는 고양이가 아직 살아 있는 줄 알았다. 얼굴을 보니 동공이 확장됐고 혀가 옆으로 나와 있었다. 똥이 한 덩어리 작게 흘렀다. 그제야 고양이가 죽은 걸 알았다. 오열이 터져 나왔지만 동시에 안도했다. 고양이의 고통이 끝났다. 길게 내뺀 혀도 축 늘어진 몸도 하나도 이상하지 않았다. 생명의 빛은 사라졌지만, 여전히 예쁘고 사랑스러운 내 고양이였다.

그해 여름 죽음을 맞이한 생명은 이 별에서 태어나 자신의 시간을 살았다. 시끄러운 죽음이든 고요한 죽음이든, 누군가가 그들의 죽음을 애도하든 아니든 제 몫의 삶을 다했다. 풍뎅이의 삶에 대해 나는 잘 모르지만, 곤충의 감각으로 태양과 달, 땅과 공기, 기쁨과 고통, 그리고 태어남과 죽음을 느낄 수 있지 않았을까 상상한다. 고양이가 자주 보여줬던 나른하고도 만족스러운 표정을 떠올렸다. 보드라운 배를 무방비로 드러내고 나를 바라보는 모습에서 느꼈던 고양이의 안락한 행복. 이제 그들은 태어나서 살고 죽는다는 생명의 소임을 다하고 살아 있는 자들의 이해가 닿지 않는 곳으로 떠났다. 그것으로 다 됐다.

머릿속에서 죽음이란 단어가 떠나지 않던 여름을 보내고도 나는 앞으로 겪어야 할 이별이 무섭다. 고양이가 네 마리나 남아 있고, 사랑하는 가족과 친구들이 있다. 두려운 생각이 들 때마다 우리 모두가 삶과 죽음의 길고도 짧은 줄에 서 있다는 것을 생각한다. 같은 줄에 서 있다가 먼저 죽음을 맞이한 존재들에게 존경을 표하는 일을 멈추지 않으려 한다.

3부

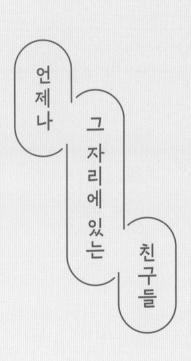

언제나 그 자리에 있는 친구들

새를
봅니다

....

일상틈 `새` 관찰자의 기쁨

산책을 하다 높다란 나무들이 줄지은 길에 멈춰 섰다. 밀화부리 떼가 나무 사이를 재빠르게 오가며 울고 있었다. 가만히 듣고 있으면 먼 우주로 빨려 올라갈 것 같은 아름다운 소리. 아파트 단지 옆 호수 산책로 입구에서 들리는 노래의 주인공이 밀화부리란 걸 안 건 고작 1년 전이다. 밀화부리 수컷은 까만 머리에 커다랗고 노란 부리를 가지고 있어 멀리서도 눈에 띈다.

동물을 좋아한다. 새도 예외는 아니지만 주위에서 자주 볼 수 있는 종류는 참새, 비둘기, 까치, 박새, 직박구리, 왜가리, 까마귀 정도가 전부였다. 몇 년 전 지금 살고 있는 동네로 이사를 오면서 예전에는 알지 못했던 새로운 세상을 만났다. 호숫가 덤불에서 새 떼를 발견했다. 처음에는 참새인 줄 알았는데 참새보다 더 작고 움직임이 분주하고 울음소리가 시끄러웠다. 참새인 척 움직이는 무리가 뱁새라고 불리는 붉은머리오목눈이라는 걸 알고는 지구상에서 가장 신기한 동물을 본 것처럼 놀랐다. 갈색과 분홍빛이 도는 동그란 몸에 까만 두 눈이 빛나는 얼굴을 마주하는 순간, 느꼈다. 내가 일곱 살로 돌아간 듯이 천진한 아이의 표정으로 환호하고 있다는 것을.

이름을 알게 된 후 뱁새는 기회가 날 때마다 자신의 존재를 친절하게 드러내주었다. 눈에 익으니 호수 주위에만 서식하는 줄 알았던 뱁새가 버스를 타러 가는 길목 화단에서도, 베란다 너머 나무에서도 보였다.

호숫가 소나무에서 청딱따구리를 봤을 때는 천연기념물을 발견한 것처럼 호들갑을 떨면서 핸드폰 카메라를 연신 눌러댔다. 연둣빛이 영롱한 큰 새였다. 어디 먼 산에서 날아온 걸까 싶었는데 쉽게 발견할 수 있는 텃새라고 했다. 뱁새처럼 청딱따구리도 그 존재를 알고 나니 아파트 근방에서 암수 한 쌍이 오가는 모습이 눈에 들어왔다.

걸음을 멈추고 유심히 살피지 않으면 알 수 없는 세계가 바로 옆에 있었다. 뱁새와 청딱따구리가 지척에 있다고 해서 내가 인적이 드문 숲속에 살고 있는 것은 아니다. 부동산 광고식으로 설명해보자면 대중교통으로 강남까지 50분이면 접근 가능한 경기도의 한 아파트에 거주하고 있다. 다만 근처에 호수와 산, 그린벨트로 묶인 경작지가 있어서 그런지 확실히 서울에 살 때보다 새들의 울음소리가 크게 들린다.

어쩌면 환경적인 요인보다 중요한 것은 내가 공식적으로 무직이라는 사실일지도 모른다. 귀엽고 아름다운 세상이 곁에 있다는 것을 인지하니 호기심이 생겼다. 호기심을 충족할 수 있게 만든 건 바로 한량의 특권인 시간적 여유였다.

많은 새들이 부끄럼쟁이다. 무성한 나뭇잎 사이를 가로지르는 찰나의 기적, 아무리 목을 빼고 위를 올려다봐도 어디서 흘러나오는지 위치를 정확히 파악할 수 없는 노랫소리로 비밀스럽게 자신의 존재를 알릴 뿐이다. 시간에 쫓겨 바쁘게 걷는 사람들은 희미한 실마리를 지나친다. 항상 급하게 어딘가에 도착해야 했을 때 내 눈에 보이지 않던 세계가, 시간을 들여 천천히 걷고 자주 멈춰 서니 그 모습을 수줍게 드러냈다.

자연스럽게 관심이 뻗어나갔다. 조류 도감을 구입하고 새에 관한 영상을 찾아봤다. 처음 보는 새를 발견하는 날에는 핸드폰 카메라의 줌을 가득 당겼다. 사진으로 간신히 새의 실루엣을 담아 인터넷 속의 사진과 대조하고 새의 어렴풋한 생김새를 기억해 이름을 찾았다. 딱새와 곤줄박이, 해오라기와 흰뺨검둥오리 같은 새들의 이름을 확실히 외웠다. 어느 해에는 호숫가를 산책하고 나서 꼭 일기를 썼다. 기록을 하다 보니 더 많은 새들이 보였다. 쇠딱따구리, 콩새, 때까치, 오목눈이, 쇠백로, 쇠오리, 되새, 개개비, 꾀꼬리를 만났다.

이제는 길을 걷다가 누가 저 새가 뭐냐고 물어봐도 제법 잘난 척하면서 이름을 알려줄 수 있는데(물론 동네에서 만나는 새에 한해서) 물어보는 사람이 없어서 아쉽다. 이따금 새들에게 더 가까이 다가가고 싶다. 나보다 더 새를 잘 아는 사람들과 같이 다양하고 진귀한 새를 보

고 싶다. 맨눈으로 관찰할 수 없는 새를 보기 위해 쌍안
경이나 고배율 줌 카메라를 사고 싶다. 시간과 에너지
를 투자해서 전문가로 거듭나고 싶은 욕심이 일어난 뒤
에는 생각한다. 게으르기도 하고 탐조인이 되기 위해
쏟아야 하는 열정과 돈과 노력이 부담스러운 탓일 수도
있지만, 새를 만나는 일이 가볍고 순수한 기쁨의 영역
으로 남아줬으면 하는 바람. 전문 탐조인들이 많은 수
고와 정성을 들여 찍어주는 고퀄리티의 사진과 영상을
고맙게 감상하며 앞으로도 일상틈'새' 관찰자로 남아도
괜찮을 것 같은 기분.

산책하는 김에 설렁설렁 새를 보는 지금이 좋다. 자
세히 보지 못하면 어때. 선명한 사진을 찍지 못하면 어
때. 운이 좋으면 풀숲 사이에서 빼꼼 고개를 내미는 뱁
새와의 눈 맞춤 정도로 만족하며 새들과의 거리를 아주
철저하게 유지하는 생활. 한여름 꾀꼬리의 황홀한 노랫
소리에 귀를 기울이며 그들이 지금 나와 같은 곳에 존
재하고 있음을 간간이 확인하고는 행복해하고 싶다.

얼마 전에 새로운 새를 목격했다. 할미새 같았는데
도감에 기재되어 있는 할미새의 몸길이보다는 작아 보

였다. 같은 동네, 같은 호수, 같은 계절을 공유하는 새로운 친구가 궁금하지만 당장 해결할 방법은 없다. 다시 그 새를 만나지 못할지도 모른다. 영원히 새의 이름을 알지 못할 가능성도 크다. 궁금해서 머리가 간질거려도 '어쩔 수 없지' 하고 다시 산책을 이어나가는 나는 오늘도 일상틈'새' 관찰자.

친숙하고도 강인한
귀여움

....

참새

한겨울 난방기 앞에서 바람을 쐬는 것처럼 마음이 건조할 때는 귀여운 것이 최고다. 우리 집에는 고양이가 네 마리나 있기 때문에 귀여움 필수량이 자동으로 충족되는 편이지만 고양이만으로도 회복되기 힘든 팍팍한 날들이 있기 마련이다. 그럴 때, 길을 가다 아기 참새가 입을 크게 벌리고 엄마 아빠 참새에게 먹이를 받아먹는 모습이라도 본다면 바삭했던 가슴이 촉촉해진다. "아잉, 귀여웡!" 행복에 겨운 하이톤의 목소리가 절로 나온다.

잘생기고 세련되고 아름다운 것도 좋지만 사람을 무

장해제시키는 것은 뭐니 뭐니 해도 귀여움이다. 세상에는 귀여운 것들이 얼마나 많은지. 보송보송 하얀 갓털을 가득 품은 민들레도 귀엽고, 무당벌레가 날개를 펼치고 둥실 날아가는 모양도 귀엽다. 까치가 윤이 나는 턱시도를 입고 두 다리로 겅중겅중 나는 듯 뛰어다니는 것도, 동네 강아지들이 쫄래쫄래 산책하는 모습도 귀엽다.

하지만 오늘 나는 귀여움에 순위를 매기는, 자연의 입장에서 본다면 오만한 일을 저질러볼까 한다. 귀여움 올림픽 대회가 있다면, 그래서 내가 심사위원이 되어 점수를 매긴다면 망설임 없이 참새의 목에 금메달을 걸어줄 것이다. 애정을 담아 자세히 보면 살아 있는 것은 다 귀엽다는 것이 나의 지론이지만 직접 눈으로 본 생명체 중에 독보적으로 귀여운 것은 참새다.

갈색 머리는 동그랗고 하얀 뺨에 검은색 점이 있다. 작은 몸에 꼬리가 뾰로롱 하고 나와 있는데 가는 다리로 스프링처럼 뛰어다닌다. 짹짹거리는 소리마저 귀엽다. 한 마리 한 마리 따로 봐도 귀엽지 않은 구석이라고는 찾아볼 수 없는 외모지만 모여 있으면 귀여움이 말도 못한다. 여러 마리가 나무에서 길 위로, 길에서 다시 나무 위로 포르르 날면 꼭 날개가 달린 갈색 나뭇잎이 바람에 날리는 것처럼 보인다. 종종 참새는 되새나 뱁새, 비둘기와도 섞여 있는데 외모는 사랑스럽고 성격은 무던한 조류계의 인기쟁이 같다. 감출 수 없는 귀여움으로 많은 사람의 사랑을 받고 있기에 인터넷에 겨울의 '털찐' 참새나 참새의 근엄한 정면 얼굴 사진이 돌아다닌다. 참새 짤 밑에 달린, 귀여움에 몸서리치는 댓글들을 볼 때면 오래전부터 알고 있던 이가 스타가 된 것 같이 기분이 흐뭇하다.

참새는 예부터 안전한 서식처와 농경지에서 나는 곡식을 먹이로 얻으며 사람의 근처에 살아왔다. 인간과 참새가 서로 가까이 살아가는 것이 참새에게만 이득이 되었다면, 지금 같은 좋은 관계가 유지되기는 힘들었을 것이다. 인간에게도 참새는 도움이 된다. 해충을 없애주기도 하지만 그 귀여움으로 바쁜 삶을 사는 현대인들에게 정서적 안정을 제공하고 있기도 하다. 인간에게도 참새가 곁에 있다는 것은 축복이다.

주위에서 볼 수 있는 다른 새들도 많은데 굳이 참새를 왜 귀여움의 최고봉으로 치냐고 묻는다면 두 가지 이유가 있다. 첫 번째는 매일 만나온 친숙함 때문이다. 귀여움은 보고 또 볼수록 깊이 각인된다. 특이하고 새로운 귀여움도 짜릿하지만 오랜 시간 세포 안에 스며든 귀여움을 이길 수는 없다. 두 번째 이유는 참새의 용감하고 강인한 면모에 있다. 작은 공처럼 통통거리는 참새지만 사냥할 때면 어찌나 매서운지. 애벌레를 입에 물고 냅다 돌에 이리저리 패대기를 쳐서 기절시키는 모습을 보고는 입이 딱 벌어졌다. 반전 매력의 소유조. 이런 터프함이 참새의 귀여움을 더 돋보이게 한다.

박새, 되새, 딱새, 곤줄박이, 뱁새, 멧새 등 참새목의 새들도 모두 참새와 같이 작고 귀여운 외형을 가지고 있지만, 참새만큼 떼를 지어 대놓고 사람이 다니는 길을 활보하지 않는다. 그에 비하면 인간의 턱밑에서 먹이 활동을 하는 참새는 얼마나 용감한지. 참새는 경계심이 강하지만 환경에 따라서는 과감해지기도 한다. 인간으로부터 얻는 먹잇감이 풍부하고 위험이 적다고 판단되면 꽤 가까운 거리까지 다가온다. 호수공원 입구에 편의점과 식당이 있는데 그 앞 야외테이블에 앉으면 참새의 환대를 받을 수 있다. 꽈배기를 작게 떼어줬더니 바로 앞까지 다가와 조각을 물어 갔다. 많이 해본 솜씨였다. 비둘기는 인간에게 너무나도 가까이 접근한 나머지 다치는 경우도 많고 더럽다고 손가락질을 받아 처연함을 자아내지만 참새에게는 그런 것이 없다. 인간의 곁에 머무르는 한편 최소한의 선을 지키며 야생성을 유지하는 것이 비법인 것 같다. 똑똑한 녀석들.

만일 귀여움이 우리의 영혼을 구원한다면(실제로 많은 이들이 귀여운 것을 보면 그런 느낌을 받는다고 증언한다), 동시에 스트레스 해소 및 혈액 순환 자극 등등 긍정적인 반응으로 신체도 구원할 수 있다면 나는 백 살도 넘게 살 수 있을 텐데. 귀여운 참새를 오래오래 보며 즐거운 마음으로 건강하게 살고 싶다. 무병장수해서 나중에 장수 비결이 뭐냐는 질문을 받는다면 귀여운 것들, 그중에서도 특별히 참새를 애정하며 자주 바라보는 것이 비법이라고 알려줘야지.

어느새 안부를
묻게 되었어요

···

나무

　　　　　플라타너스가 가로수로 심어진 보도를
지나는데 학생 한 무리가 길게 늘어진 가지에 달린 나
뭇잎을 세게 때리고 가는 장면을 목격했다. 아무런 의
도 없이 눈앞에 보이는 물체를 치고 간 것뿐이라는 걸
알면서도 순간 학생들의 행동에 내 눈썹이 슬프게 처졌
다. 가만히 있는 나무를 왜 때려.

　원래 나는 식물에 전혀 관심이 없고 오직 동물만 좋
아하는 동물파였는데 나이가 들며 슬금슬금 식물에도
관심을 갖게 됐다. 식물에 관한 지식은 부족해도 핸드
폰 사진첩만큼은 꽃 사진으로 가득하다. 이제는 정통

식물파인 엄마(취미: 화초 키우기)와 산책을 가도 엄마보다 내가 나무와 들꽃 앞에서 멈춰 서는 횟수가 더 많아졌다.

똑같은 길을 반복해서 걷다 보니 눈에 익은 나무들이 생겼다. 즐겨 찾는 산책길에는 여러 나무가 있지만, 더 눈길이 가는 개체가 있다. 잠시라도 가만히 서서 '꽃은 잘 피고 있나? 이파리는 잘 물들었나?' 안부를 묻고 싶은 특별한 나무들. 나는 그들을 아는 나무라고 부른다.

아는 나무 중 가장 큰 나무는 느티나무다. 느티나무는 대표적인 가로수다. 공무원 시절, 주말마다 그림을 그렸던 카페와 첫 번째 책을 내자는 제안을 받았던 합정동의 어느 카페도, 얼마 전에 다녀온 동네에 새로 생긴 힙한 카페도 창밖으로 느티나무가 보였다. 뾰족뾰족한 이파리가 예뻐서 왜 가로수로 사랑받는지 알 것 같다. 가을이 되면 진한 노란 잎들이 도심을 아름답게 물들인다. 나이를 얼마나 먹었는지는 모르겠지만 호수의 느티나무는 키가 크고 커다랗다. 예전이라면 그 밑에 정자 하나를 지어도 좋았겠지만(예부터 커다란 느티나무는 동네 사람들이 모이는 마을의 쉼터 역할을 해왔기에 정자나무라고 불리기도 한다고) 호수의 느티나무는 지금, 사람 대신 새를 품는다.

이 나무를 좋아하는 이유는 나무가 참새들의 침실이 되어주기 때문이다. 해 질 무렵이면 호숫가의 작은 새들이 느티나무로 몰려와 짹짹거리는데 그 소리가 언제 들어도 정겹다. 어두운 밤, 새들의 포근하고도 아늑한 잠자리가 되어주는 커다란 나무가 든든하다.

느티나무를 지나 멀지 않은 곳, 내가 자주 멈춰 서서 쇠백로를 바라보는 지점에 자귀나무 두 그루가 있다. 초여름이 되면 나무는 가늘고 하늘거리는 실 같은 분홍색 꽃을 피우는데, 사실은 꽃잎은 퇴화하고 가느다란 수술이 모여 꽃처럼 보이는 것이라고 한다. 밤이 되면 마주 보던 잎사귀가 서로를 향해 껴안듯 닫히는 모습 때문에 부부의 사랑을 상징한다는 이야기도 있다. 분홍 꽃과 진한 초록색 잎사귀에, 향기마저 달콤해서 자귀나무는 이국적이고 몽환적인 느낌을 준다. 자귀나무가 피는 계절이 되면 평소보다 더 열심히 호수를 찾게 된다.

호수 산책로의 반환점을 돌면 목련 세 그루가 보인다. 목련은 암수가 따로 있는 건 아니지만 어쩐지 자매

같은 느낌이 들어 목련 세 자매라고 부르고 있다. 다른 나무들과 살짝 거리를 두고 있는 제일 작은 나무는 딱 귀여운 막내 같고, 중간에 있는 나무는 가지가 바람결에 따라 옆으로 출렁이고 있어 우아한 둘째가 어울리고, 바르게 서 있는 나무는 침착한 첫째 같다. 언제 봐도 아름답지만 역시 목련은 꽃이 필 때가 환상적이다. 인적이 끊긴 까만 밤이 되면 세 자매가 하얀 꽃을 매달고 춤이라도 출 것 같다.

목련을 지나 조금만 걸으면 무슨 연유인지 큰 줄기만 남은 버드나무를 만날 수 있다. 호수에 있는 버드나무는 대부분 물가에 나 있는데 이 녀석만 물 쪽이 아니라 밭 쪽에 자리 잡았다. 모두들 풍성한 초록색 머리카락을 호숫가에 드리우고 있다면, 이 버드나무만 머리숱도 없이 혼자 떨어져 있는 것 같아 마음이 쓰인다. 대신 나무는 다른 것을 가졌다. 지나가는 사람들이 가끔 나무둥치를 껴안는다. 나도 이따금 나무껍질에 손을 대본다. (슬픈 소식이 있다. 이 글을 쓰고 난 후, 아는 나무 중 하나였던 숱 없는 버드나무가 사라졌다. 나무는 한자리를 오래 지키니까 산책을 하는 한 계속 만날 거라고 생각했는데, 더 이상 버드나무의 안부를 물을 수 없게 됐다.)

우리는 나무가 살아 있는 생명이라는 것을 글로 배워 알지만, 그 사실에 별로 주의를 기울이지 않는다. 나도 그랬다. 아는 나무가 생기고 그들의 사계절을 지켜보며 나무에 대한 관심과 애정이 자랐다. 무언가를 좋아하게 된다는 건 행복한 일이지만 신경 쓰이는 일이 생긴다는 뜻이기도 하다. 아파트 담장을 도색하는데 담장과 화단 사이에 가림막을 설치하지 않고 도료를 분사해 나무와 풀들이 페인트를 뒤집어쓰고 있는 광경에 화가 난다. 오래된 은행나무들이 과도한 가지치기로 싹둑 잘려 있는 모습이 사람으로 치면 목이 사라지고 몸만 남은 것처럼 끔찍한 몰골로 느껴진다. 공사가 진행 중인 대형 프랜차이즈 카페 앞 가로수에 누군가 농약 성분을 주입해 일부러 나무를 고사시킨 것으로 보인다는 뉴스처럼 나무를 함부로 대하는 소식을 들으면 슬프다. 나무는 말도 없고 움직이지도 않으니 자꾸 살아 있다는 것을 잊는 사람들.

《반지의 제왕》에는 나무수염이라는 엔트가 등장한다. 엔트는 나무의 목자다. 나무를 길들이며 가르치고

잡초를 뽑으며 숲을 돌본다. 낯선 자들과 무모한 자들이 접근하지 못하게 숲을 보호한다. 누구의 편도 되지 않고 오랜 세월을 보낸 엔트지만 백색 마법사 사루만이 오크들과 결탁하여 나무들을 베어버리고 숲을 파괴하자 종족 회의를 소집하고 사루만의 본진, 아이센가드로 진격하여 그 세력을 몰락시킨다.

현실에 엔트는 없지만 대신 도시의 나무들을 보호하는 법이 생겼다. 도시숲 등의 조성 및 관리에 관한 법률, 약칭 도시숲법이다. 이 법에 따르면 정당한 사유 없이 도시숲 등과 그 부대시설을 훼손한 자는 5년 이하의 징역 또는 5000만 원 이하의 벌금에 처해진다. 나무를 함부로 대하는 이들도 사람이지만 현대사회에서 도시 나무들의 목자가 되는 이 역시 사람일 수밖에.

플라타너스 이파리를 찰싹 때리고 갔던 학생들은 앞으로 오래도록 나무 아래를 걸을 것이다. 사랑하는 사람과 함께 나무에 핀 꽃을 바라보고, 부모가 되어 나무의 이름을 궁금해하는 아이에게 그 이름을 알려줄 수도 있다. 무성하고 아름다운 녹음 속에서 삶의 기쁨을 한껏 누리는 날도, 가지만 남은 겨울나무가 쓸쓸히 서 있는 길을 홀로 걷는 날도 맞이할 것이다. 그리고 어느 날, 나무 사이를 걷다 문득 발걸음을 멈출지도 모른다. 나무가 살아 있다는 것을, 그들 자신이 나무와 함께 인생을 살아가고 있다는 사실을 강렬하게 느끼며.

참고도서
이주희, 《내 이름은 왜?》, 자연과생태
박상진, 《우리 나무의 세계 1》, 김영사

오늘도
씩씩하게 걷는다

. . . .

비둘기

강변역 횡단보도 앞에 서 있는데 발밑이
소란하다. "구구, 구구구구." 수컷 비둘기가 목을 부풀리
고 이리 돌고 저리 돌며 암컷 비둘기에게 구애하고 있
다. 자세히 보니 수컷은 발가락이 하나 없고, 암컷은 다
리를 절뚝인다. 담배꽁초와 쓰레기가 굴러다니는 이 혼
잡한 아스팔트 위에도 사랑이 싹트고 있다며 감격의 미
소를 짓고 싶었지만, 비둘기들이 자꾸 도로 가운데로
나아간다. '안 돼!! 차로로 가지 마, 인도로 올라오라고!'
마을버스가 돌진하는 찰나, 비둘기가 날개를 파닥이며
자리를 피했다. 안도의 한숨을 내쉬며 바뀐 신호등을

따라 길을 건넜다.

　사람의 손에 의해 도시에 정착한 비둘기는 우리와 같이 살아간다. 어디를 가도 눈에 밟힌다. 바닥을 굴러다니는 낙엽을 보듯 별생각 없이 비둘기를 지나는 군중 속에는 더럽고 뚱뚱하다며 비호감의 한마디를 던지거나 조류 공포증으로 조심조심 비둘기를 피해 길을 돌아가는 이들도 있다. 환호성을 지르며 비둘기 떼를 향해 다가가는 어린아이들이 있는가 하면 비둘기를 발로 차려는 조금 더 큰 아이들도 있다. 그중에는 비둘기를 바라보며 혼자만의 드라마 감상을 즐기고 있는 나 같은 사람도 있을 것이다.

　비둘기는 인간과 닮았다. 해가 뜨면 일어나서 먹이 활동을 시작한다. 유동인구가 많아 복잡한 역 주변을 오가며 쉴 새 없이 바닥을 쪼아댄다. 구덩이에 고인 더러운 물로 부리를 축인다. 오후가 되면 역의 외벽, 통통한 몸을 간신히 기댈 수 있는 공간에 나란히 앉아 일광욕을 한다. 열심히 사랑을 나누고 알을 낳아 부화시킨다. 근면하고 성실하다. 빵 조각 하나가 떨어졌다. 기회를 잡기 위해 난리가 난다. 방금 전까지만 해도 평온하던 풍경이 깨지고 앞에서 차가 달려오는 것도 모르고 서로 빵 조각을 먹겠다고 길가에서 다투는 비둘기들. 평화와 혼란이 공존한다. 인간 세계를 저 높은 곳에서 바라본다면 이런 느낌일까.

많은 이야기가 그들 사이에 있다. 내가 만나는 비둘기는 주로 세 부류인데 서식지에 따라 삶의 모습이 다르다. 강변역 비둘기의 삶은 지저분하고 혼잡하고 위험하다. 도로에서 납작해져 죽은 비둘기도 두 마리나 봤다. 그에 반해 내가 사는 아파트 바로 뒤 공원에 서식하는 일명 작은공원파 비둘기의 삶은 훨씬 안정적이다. 공원에는 비둘기도 엄연히 생태계의 일원이라며 당당히 자립할 수 있도록 먹이를 주지 말라는 취지의 현수막이 붙어 있다. 이상하게 이 현수막을 볼 때마다 집에서 생쌀을 가져와 공원에 마구 뿌리고 싶은 열망이 일지만, 비둘기에게 먹이를 주지 말자는 사회적 합의를 어길 용기가 없어 한 번도 실행에 옮기지는 못했다. 공원 벤치에는 가끔 사람들이 먹다 버리고 간 간식이 놓여 있기도 하고 놀이터에서 노는 어린이들이 과자 부스러기도 흘리니 작은공원파 비둘기들은 강변역파에 비해 살기가 덜 팍팍해 보인다.

가장 쾌적한 환경을 누리고 있는 무리는 호수공원파다. 산책하러 나오는 곳이라 지나가는 사람들도 모두 여유가 있다. 무엇보다 넓은 풀밭이 있어 비둘기들은 사람이 떨어트린 과자도 주워 먹지만 자기네들끼리 진정한 자립을 위해 흙을 파서 벌레도 잡고 땅에 떨어진 열매도 쪼아가며 살아간다. 세 무리 중에 제일 자연 친화적이며 독립적이다. 삭막한 도시를 떠나 자연 속에서 새 삶을 얻는 사람들의 이야기를 좋아하는데 인간이 그러하듯 비둘기도 자연과 가까이 살아야 더 활기차고 생기 있어 보인다.

작은공원파와 호수공원파의 비둘기는 강변역파에 비해 털도 깨끗하고 발도 온전한 녀석이 많다. 멀지 않은 곳에서 같은 비둘기로 태어났지만 다른 모습으로 살아가는, 인간으로 치자면 태어난 환경과 빈부격차에 따라 갈리는 운명의 소용돌이를 보여주는 한 편의 영화 같다. 주인공이 푸드덕거리며 이렇게 외치는 소리가 들려온다. "왜 인생은 공평하지 않은 거야!"

비둘기가 예쁜 생명체라는 것을 아는 사람은 안다.

작은 머리와 두툼한 목, 통통한 가슴으로 이어지는 동그란 체형이 귀엽다. 부리 위에는 하트 모양의 하얀 납막이 있다. 목 부근에는 청록색과 보라색의 털이 빛나고 몸은 보통 회색빛을 띠지만 개체에 따라 하얗거나 갈색이 돌기도 하고 얼룩이 있기도 하다. 길에서 생활하다 보니 보기 흉하게 꺾이고 다쳤지만 원래 비둘기의 발은 선홍색으로 깨끗하다. 털도 매우 부드럽다. 인간이 지구에 해를 끼치는 정도와 비교한다면 비둘기는 완벽하게 무해한 수준이라고 볼 수 있지만, 사람들은 이 아름다운 새를 유해야생동물로 지정했다. 그들이 날아오르면 세균이 떨어진다고, 분변이 건물을 부식시킨다고 질색한다. 실제로 비둘기는 목욕을 좋아하는 청결한 동물이라고 하는데 도시에는 물이 귀해 자주 씻지 못할 뿐이다. 편견과 혐오로 인간이 다른 인간을 배척하고 따돌리는 드라마를 볼 때마다 우리는 얼마나 간절한 마음으로 구석에 몰린 주인공이 역경을 이겨내길 기원했던가. 사람들이 조금만 비둘기의 편에서 그들을 바라봐주길, 비둘기가 오명을 씻기를 열렬히 바라던 시절이 있었다.

짧지만 기쁨과 슬픔을 동시에 안겨준 이야기도 있다. 여러 해 전, 블로그를 통해 아는 분이 새끼 비둘기를 구조했다. 고양이는 여러 마리 키우지만 새는 관심도 없어 처음에는 외면하려고 고개를 돌렸다고 했다. 얼른 키워서 방사할 거라며 정을 주지 않으려 했지만 구조자는 각오와 달리 열과 성을 다했다. 조류는 포유류와 생태가 달라서 주위에 새를 키우는 사람들에게 물어물어 힘들게 돌봤다. 가족들이 고심해서 몽이라는 예쁜 이름도 지어줬다. 비둘기가 전서구로 활약할 정도로 지능이 높은 동물인 것은 알았지만 인간의 손에서 아기처럼 애교를 부리는지는 몰랐다. 삐삐거리며 울다가도 손으로 감싸 쥐면 울음을 그치고 손안에 안겨 편안히 졸았다. 사람의 품에 머리를 비비며 파고들었다. 비둘기가 인간과 충분히 교감과 애정을 나눌 수 있는 새라는 것을 확인할 수 있어 기뻤다. 하지만 현실적으로 어린 새를 살리는 일이 쉽지 않다고 한다. 구조자가 아픈 몽이를 데리고 조류 전문병원을 찾아 먼 거리를 오가며 정성으로 보살폈음에도 결과는 슬펐다. 어린 비둘기의 날갯짓을 보면서 응원을 보태고 있던 나도 몽이가 죽었다는 소식이 올라온 날, 울고 말았다.

길 위의 비둘기는 귀엽고 우스꽝스럽고 바보 같다. 용감하고 무모하다가도 가련하다. 인간이 자신을 어떤 시선으로 바라보든 무심하다. '닭둘기'라는 말에 화를 내지도, '불쌍해'라는 말에 울먹이지도 않는다. 비둘기들이 만들어내는 드라마의 열혈 시청자인 내가 시청료로 쌀알 하나 흘리지 않아도 너그럽다.

오늘도 비둘기는 날개를 몸에 붙인 채 고개를 앞뒤로 흔들며 짧은 다리로 씩씩하게 걷는다. 모이주머니를 채울 수 있는 것이라면 뭐든 쪼아대며. 그 옆에서 나도 머리 대신 팔을 앞뒤로 크게 흔들며 다리에 힘을 주고 뚜벅뚜벅 걷는다. 발아래를 살피며 비둘기들이 흘린 이야기를 열심히 주워 담는다.

완전한 절망이란
존재하지 않는 세계

··

거미

　　　　이상한 맹세를 하고 말았다. 손바닥을 내보이며 선언한 적도 없는데 절대 거미만은 죽이지 않겠다는 다짐을 지키고 있다. 될 수 있으면 미물을 죽이지 않으려 해도 집 안에 들어온 벌레를 죽여야 할 때가 있지만 집에 들어오는 거미는 반드시 살려서 밖으로 내보내려고 한다. 《해리 포터》에서 론 위즐리가 거미를 보고 공포에 떠는 장면보다 해그리드가 거대 거미 아라고그를 소중히 키워 친구로 삼는 모습이 더 이해가 간다. 길을 가다 거미줄이 보이면 멈춰서 거미를 찾아본다. 거미 사진도 자주 찍는다. 초점이 잘 맞지 않아 제대로 나오지는 않지만.

　이 정도면 단순히 죽이지 않겠다는 입장을 넘어 거미를 좋아한다고 말해도 될 것 같지만 사정이 조금 복잡하다. 실외에서 제일 많이 만나는 거미는 노란색과 검은색이 알록달록하고 배 부분에 빨간 포인트가 있는 무당거미다. 무당거미가 숲을 점령하는 9월이 되면 산책하는 발걸음이 더 신난다. 나무 사이마다 커다란 무당거미들이 거미줄에 매달려 있는 모습을 구경한다. 그렇지만 만약 거미가 내 팔이나 머리 위로 떨어진다면 새된 소리로 비명을 울릴 준비가 언제든지 되어 있다. 무당거미는 색이 강렬해서 거부감이 들 수도 있겠다.

　그렇다면 땅 위를 기어 다니다 가끔 실내에도 들어오는 검은 단색의 깡때기거미는 괜찮을지도 모른다. 핸드폰에 찍어놓은 깡때기거미 사진을 확대해본다. 이런! 괜히 확대했다. 머리에 눈이 대체 몇 개가 달린 건지(거미는 종에 따라 눈의 개수가 다양한데 흔히 볼 수 있는 거미의 눈은 보통 여덟 개라고 한다). 절지동물 아니랄까 봐 털이 숭숭 난 다리가 여러 개의 마디로 나뉘어 있다.

　마지막으로 우리 집 구석 어딘가에서 대대로 서식하

고 있음이 분명한 집유령거미에게 기대를 걸어보자. 수시로 만나서 익숙하기도 하고 색도 연한 모래색인 데다 이번에는 절대 사진을 확대해서 보지 않을 생각이다. 집 안에서 무심코 고개를 돌리다 우연히 눈에 들어오는 한 마리. 몸통은 작은데 다리가 너무나도 길어 볼 때마다 깜짝 놀란다. 가끔가다 몸을 마구 흔들어대는 모습도 기이하다.

가까이하기에 부담스러운 거미를 왜 나는 절대 죽이지 않겠다고 맹세했을까? 직장에서 동료와 담소를 나누다가 거미에 관한 이야기가 나온 적이 있다. 거미를 죽이지 않는다는 내 말에 동료는 왜 거미를 죽이지 않느냐고 물었고, 나는 "거미는 익충이니까"라며 대충 떠오르는 이유를 답했다. 그랬더니 돌아온 동료의 대답. "익충이면 죽이지 않고, 해충이면 죽여도 되는 거야?" 그의 얼굴에 정말로 궁금하다는 표정이 일었다. 심오한 질문이었지만 우리는 바빴기에 거미는 곤충이 아닌데 익충이라고 불러도 되는지 되짚어볼 여유도 없이 어영부영 대화를 끝냈다.

어릴 때부터 들어온, 거미는 해로운 곤충을 사냥하는

이로운 생물이라는 말이 영향을 끼친 것도 맞지만 같은 해충이라도 바퀴벌레는 죽이고 파리는 죽이지 않는 나 같이 태도가 모호한 사람에게는 익충과 해충이 살생의 절대적인 기준이 되지는 않는다.

혹시 거미의 생물학적 신비함이 강력한 힘을 발휘한 것은 아니었을까. 분명 곤충처럼 보이는데 곤충이 아니라는 사실 말이다. 누군가는 '거미가 탈피는 하지만 곤충처럼 애벌레 시기를 거치지 않는 것이 마음이 들어'라고 말할 수도 있다. 내 눈에는 척삭동물문 포유강 식육목 고양잇과 고양이의 동공이 빛의 양에 따라 커졌다 작아졌다 하는 모양이 매혹적이지만, 절지동물문 거미강 거미목 거미의 여덟 개나 되는 다리가 매력적으로 보이지는 않는다. 거미줄은 신기하긴 하지만 모든 거미가 거미줄을 치는 것은 아니니 거미줄이 맹세의 요건이라고 하기도 그렇다.

거미는 언제 어디에나 있었지만, 지금의 집으로 이사 온 후에는 더 가까워졌다. 3년 정도 연속으로 무당거미가 베란다 밖에 거미줄을 친 적이 있다. 창문을 세게 닫으면 거미가 거미줄에 매달린 채 마구 흔들려서 매일 조심스레 창문을 여닫으며 거미를 지켜봤다. 거미줄에 곤충들이 매달려 있을 때면 내 마음도 같이 풍요로웠는데 바람이 많이 분 날은 먹이 대신 나뭇잎이 달라붙어 있기도 했다.

어느 날, 태풍이 왔다. 강풍이 불어 집 안에서도 바람 부는 소리가 무섭게 들렸다. 밖을 살펴보니 거실 쪽의 커다란 거미가 거미줄과 함께 사라졌다. 침실 쪽의 작은 거미는 세찬 바람을 맞으면서도 방충망을 붙들고 버텼는데 힘이 다 빠졌는지 태풍이 지나가고도 몇 시간 동안 기척이 없어 죽은 줄 알았다.

거미줄이 날아가 깨끗해진 공간이 오히려 허전했다. 매년 처마 밑에 둥지를 짓는 제비처럼 우리 집 창가를 찾아주는 거미에게 정이 들었는데 거미줄이 통째로 날아가 버리다니. 아쉬운 마음에 만화를 그려 거미의 안타까운 소식을 인스타그램에 올렸다. 누군가 태풍이 부는 와중에 창문 밖에 살고 있는 거미가 괜찮은지 살피려다 눈앞에서 거미가 바닥으로 떨어져 놀랐다는 댓글을 달았다. 태풍이 지나고 확인해보니 거미가 제자리로 돌아왔다는 희망의 소식도 같이 전했다. 그 거미는 이

름도 있었다. 피터 파커. 나의 이름 없는 큰 거미는 어떻게 됐을까. 혹시 실망할까 봐 기대하지 않고 있었는데 돌아왔다! 다음 날 나타나 같은 자리에 새로 거미줄을 쳤다. 작은 거미도 다시 움직이기 시작했다. 거미줄이 바람에 날려 산산이 흩어진다 해도 완전한 절망이란 건 거미의 세계에 존재하지 않는구나.

비록 다정하게 만질 수는 없지만 돌아온 거미를 바라보며 기뻐하는 심정을 좋아한다는 단어 말고 어떤 말로 표현할 수 있을까. 여전히 정확한 이유를 설명할 수는 없지만 그래, 나는 거미를 좋아한다. 일상에서 수없이 많은 거미를 보고 또 보며 어느샌가 모르게 조금씩 절대 거미만은 죽이지 않겠다고 다짐했구나. 거미의 배에서 나온 얇은 실 한 가닥이 겹치고 겹치면 사냥감이 몸부림을 쳐도 끊어낼 수 없는 단단한 그물이 되는 것처럼, 정체를 알 수 없는 묘한 애정이 한 가닥씩 흘러나와 나를 이 특별한 맹세에 꽁꽁 묶어버렸다.

참고도서
이영보,《거미가 궁금해?》, 자연과생태

뒤뚱거리던
나의 친구에게

···

머스코비오리

호수를 따라 나 있는 나무데크를 걷는데 멀지 않은 곳에서 부리로 풀을 헤치고 있던 흰뺨검둥오리들이 기척을 느끼고 날아갔다. 지금 호수에 사는 오리들은 사람에게 곁을 주지 않는다. 조금만 다가가도 날개를 퍼덕이며 도망가 버린다. 예전에 이곳에서는 꽥꽥거리는 소리가 더 크고 가깝게 울렸었다. 하얀 집오리와 청둥오리들이 호수 기슭에서 땅을 쪼아대다가 흙길 위로 올라와 사람들 사이를 겁 없이 돌아다니기도 했다.

쉴 새 없이 꽥꽥거리는 오리 떼의 귀여운 산책길 저

아래 이상하게 생긴 새 한 마리가 혼자 떨어져 있었다. 동그란 몸과 넓적한 부리, 갈퀴가 달린 발은 오리인데, 덩치가 컸다. 몸통은 까맣고, 목과 얼굴은 흰색에 까만 점이 얼룩졌고 눈이 있는 부위의 피부가 빨갰다.

평소였다면 가을 색으로 갈아입은 나무 사이를 걷는 것만으로 가슴이 벅찼을 테지만 우울증으로 직장을 휴 직한 직후, 햇빛 아래 반짝이는 호수를 봐도, 새들이 노 래하는 소리를 들어도 즐거움을 느낄 수가 없던 때가 있었다. 사무실에서 다른 이들에게 둘러싸여 있을 때는 절실하게 혼자 있는 시간이 필요했는데, 아파서 휴직을 하고 나니 혼자만 무리에서 떨어져 나왔다는 쓸쓸함이 몰려왔다. 나도 오리처럼 떼를 지어 온종일 꽥꽥거리며 씩씩하게 걸을 수 있다면. 그때마다 이 고독한 오리 한 마리가 눈에 들어왔다. 검은색과 흰색과 빨간색의 외양 이 우스꽝스러웠고 다른 오리들보다 더 크게 뒤뚱거리 는 걸음걸이가 불안정했다. 홀로 호수를 바라보고 있는 오리의 뒷모습이 처량했다. 호수에 가면 친구를 찾듯 외톨이 오리를 먼저 찾았다.

휴직을 한 후라 주로 한적한 평일에 오리와 만나다가

간만에 주말 산책에 나선 날, 조용했던 호수가 사람들로 북적였다. 어디선가 아이들의 신나는 외침이 들려왔다. 새에게 먹이를 주고 있는 모양이었다. 붐비는 이들 가운데 있는 것은 다름 아닌 외톨이 오리였다. 부모의 손을 잡은 아이들이 과자를 던지니 오리가 신나게 주워 먹고 있었다. 오리가 과자를 주워 먹으면 아이들은 환호하고, 오리가 뒤뚱뒤뚱 걸으면 까르르 웃었다. 외톨이가 아니라 호수의 '인싸'였다.

나 자신의 쓸쓸함에만 몰입한 나머지, 오리를 마음대로 외톨이로 만들어버리다니. 오해도 이런 오해가 없었다. 과자를 주워 먹는 오리를 보며 어처구니없어하는 내 옆으로 과자 봉지를 든 아이들이 다가와 말을 걸었다.

"오리가 과자를 좋아해요."

"근데 과자를 안 주면 막 와서 물려고 해요."

"쟤는 오리한테 물릴 뻔했어요."

내게 이르듯이 이야기를 해놓고도 아이들은 오리가 귀엽다고 했다. 그래, 침울하게 호수만 바라보고 있다가는 주린 배를 채우지 못하겠지. 외로워 보이던 뒷모습과는 다르게 저돌적이고 당당하게 아이들에게 과자를 요구하는 오리의 꽥꽥 소리가 우렁찼다. '너, 열심히 살고 있구나!' 감춰졌던 오리의 일상을 알게 된 후, 오리가 다르게 보였다. 혼자 떨어져 있다고 해서 낙오된 것이 아니었다. 오리의 뒷모습이 더 이상 외롭지도 처연하지도 않았다. 우스꽝스러웠던 외모는 한 생명의 개성 있는 특징이었고, 불안정하게 보였던 뒤뚱거림은 자신 있는 발걸음이었다.

오리의 이름도 모른 채 몇 년이 흘렀다. 제법 새에 관심을 갖게 된 후 구입한 야생조류 도감을 뒤져봐도 오리와 닮은 새는 없었다. 왜 찾지 못했을까? 야생조류가 아니었기 때문이다. 책에서 정보 찾기에 실패하고 검색을 통해 알아낸 오리의 정체는 우리나라에서 식용 기러기로 알려진 머스코비오리였다. 사향거위, 대만오리로도 불린다고 한다. 머나먼 이국에 야생 개체가 있긴 한데 한국에 들어온 머스코비오리는 가축화되어 농장에서 식용으로 기르는 종이었다.

어찌 된 일인지 머스코비오리는 야생도 아니면서 야생인 척 전국의 강과 호수와 하천에 출몰하는 모양이다. 도심의 하천에서 쉽게 만날 수 있는 새들 사이에 몸통이 어두운 색으로 얼룩덜룩하고 얼굴에 빨간 피부가 도드라지는 요상한 오리가 보인다면 머스코비오리임이 확실하다.

한때의 친구 머스코비오리는 유달리 추위가 심했던 겨울이 지나고 호수에서 모습을 감췄다. 무리에서 떨어져 쓸쓸하던 내 마음에 다시 봄이 왔는데, 저 멀리 파란 풀이 돋기 시작한 비탈에서 웅크리고 있는 오리를 본 것 같기도 한데, 오리는 다시 나타나지 않았다. 이제는 오리를 호수의 외톨이도 인싸도 아닌 머스코비오리라고 부를 수 있게 됐는데. 머스코비오리를 기억하고 있는 사람이 나 말고 또 있을지 모른다는 생각이 들었다. 지역 기반 커뮤니티에서 사람을 잘 따르던 호수의 오리 떼를 추억하는 글을 찾았다. 글과 함께 올라온, 집오리와 청둥오리와 흰뺨검둥오리가 떼로 모여 있는 사진 한 구석에서 머스코비오리가 얼룩덜룩한 머리를 내밀고 있었다. 오래된 친구를 발견한 것처럼 반가웠다.

몰랐던 사실도 알게 됐다. 호수에는 사람을 따르는 오리들이 정말 많았는데 어느 날, 시청에서 나와 오리를 한강으로 옮긴다고 하면서 여러 마리를 포획해 갔다고 한다. 머스코비오리는 못생겨서 사람들의 구박을 많이 받았다고도 했다. 내가 머스코비오리와 이별한 이유가 추위 때문인지 시청의 포획에 의한 건지, 오리의 정체는 과연 외톨이인지 인싸인지 아니면 미운오리새끼였는지 갑자기 모든 게 머스코비오리의 얼굴만큼이나 뒤죽박죽이 됐다. 이제 와서 참을 수 없이 궁금해졌다.

"호수에서의 삶은 어땠니, 머스코비야."

오늘도 호수에는 야생의 오리들이 헤엄치고 있다. 오리의 꽁무니 뒤로 물결이 길게 이어지는 광경은 그림 같지만 그 그림에서 빠져나와 독립된 개체로 특별한 친구가 되어준 건 머스코비오리 딱 한 마리뿐이다. 아주 작은 인연만으로도 우리는 사람과 때로는 동물과, 심지어 꽃과 풀과도 친구가 된다. 수줍음이 많은 편이지만 가슴 안에 그리워하는 오리 떼를 담고 있는 동네 주민분께 내적 친밀감을 느껴 책이 나오면 꼭 드리고 싶다고 메시지를 남겨버렸다. 가능하다면 어느 맑은 날, 호숫가에서 만나 책을 건네고 싶다. 인간을 무서워하지 않는 오리 떼와 머스코비오리는 이제 호수에 없지만 오

Dear My Friend

리를 추억하는 다정한 대화가 대신 호수 위를 떠다닐지
도 모른다.

어둠 속에
반짝임을 지닌

··

큰부리까마귀

"까악까악." 까마귀 소리가 건물 사이에 메아리친다. 고개를 들어 까마귀가 있을 만한 곳을 찾다가 전봇대 위에 앉아 있는 두 마리를 발견했다. 오래 지켜보고 싶었는데 울 때마다 머리를 앞으로 내밀며 꼬리를 움직이던 한 마리가 먼저 몸을 묵직하게 허공으로 날린다. 다른 한 마리도 곧 뒤따라 큰 날개로 공기를 천천히 가르며 건물 뒤편으로 날아가 버렸다. 멀리서 봐도 부리가 크고 두껍다. 우리나라 곳곳에서 쉽게 만날 수 있는 텃새 큰부리까마귀다. 깍깍거리는 소리가 재밌어서 웃다가 문득 길을 걷는 사람들의 속마음이 궁금해

졌다. '까마귀를 보고 은연중에 불길함을 떠올리는 이는 없겠지?'

아주 오래전부터 인간은 까마귀에게 여러 이미지를 덧씌워왔다. 지혜롭고 신비한 존재였다가 못생기고 재수 없는 새가 되기도 하고, 은혜를 갚는 영리한 동물이자 동시에 불길한 사건을 예고하는 클리셰이기도 했다. 사람들의 이야기 속에 이렇게 극과 극을 오가는 모습으로 등장하는 새가 또 있을까. 크고 까만 생김새에 우는 소리가 특이하고 지능이 높은 이 새는 예부터 서식하는 곳 어디에서든 사람들의 관심을 끌 수밖에 없었을 것이다. 나 또한 까마귀에게 눈길을 빼앗긴 많은 이들 가운데 하나다.

어릴 때부터 검은색이 들어간 동물을 좋아했다. 검은색과 흰색이 섞인 제비나 까치, 온몸 전체가 까만 개나 고양이, 금붕어를 예뻐했다. 그런데 그중에 까마귀는 없었다. 어린 시절, 내가 살던 서울 변두리에서 한동안 까마귀를 보기가 힘들었던 시기가 있었다. 가족여행으로 지리산에 가서야 〈견우와 직녀〉에서나 날아다닐 것 같았던 이 새가 눈앞에서 까만 날개를 펄럭이는 장면을 목격했다. 까마귀를 보는 것 자체가 어떤 시점까지 내게는 신기한 체험이었다.

2000년대 초반 스위스의 어느 설산을 올랐을 때, 가장 인상 깊었던 것은 구름을 통과해 올라가야 했던 높다란 산봉우리도, 산에 있는 레스토랑에서 먹었던 스위스식 감자 요리 뢰스티의 맛도 아니었다. 새하얀 산을 날아다니는 까마귀 떼를 보고 환호했다. 이상하리만큼 비현실적인 광경이라 마치 내가 신화의 한 페이지에 들어와 있는 것 같았다.

언제부터 동네에서도 까마귀가 눈에 띄게 됐을까? 궁금해서 국립생물자원관에서 작성한 〈야생동물 실태 조사〉라는 보고서를 찾아봤는데 원했던 시기에 관한 정보를 찾는 데는 실패했지만 까마귀의 개체 수가 점점 늘어왔다는 것을 알게 됐다. 2002년에 전국의 특정 관찰 지점에서 발견된 큰부리까마귀는 143마리인 데 비해 2020년에는 1857마리로 그 수가 증가했다. 그렇다면 까마귀를 쉽게 보지 못했던 어릴 적 내 기억이 잘못된 것은 아닌 것 같다.

지금은 내가 사는 곳에서도 같은 까마귀과의 까치만

큼은 아니어도 어렵지 않게 까마귀를 만날 수 있다. 가끔 오르는 야트막한 산이 있는데 해 질 무렵이면 까마귀가 열 마리도 넘게 산 위를 날아다닌다. 우리 집 주위에도 고정적으로 큰부리까마귀 두 마리가 돌아다닌다. 앞에서 언급했던 전봇대 위의 그 녀석들이다. 까마귀가 베란다 창 가까운 나무에서 우는 날이면 새에 유난히 관심이 많은 고양이 한 마리가 꺅꺅거리며 난리를 친다. 참새나 멧비둘기를 볼 때와 다른 흥분이 느껴진다. 고양이의 눈에도 까마귀는 다른 새들보다 훨씬 더 흥미를 자극하는 새인 듯싶다.

내가 자신에 대한 글을 쓰고 있다는 걸 까마귀가 알리가 없지만 카페에서 이 글의 초안을 쓰고 나오는데 바로 앞 가로등 위로 까마귀가 날아와 앉았다. 이야기 속에서만, 혹은 멀리 여행을 떠나야만 만날 수 있던 까마귀가 현실로 돌아왔다는 게 아직도 신기하다. 이제는 친근한 도시의 새가 됐지만 어린 시절 겪었던 까마귀의 부재를 기억하기에 볼 때마다 나는 까마귀가 반갑다. 우리나라에서는 까마귀가 장기간에 걸쳐 무리를 지어 농작물이나 과수에 피해를 주는 경우에 한해 유해야생

동물로 규정하고 지자체의 허가를 얻어 한정된 개체 수를 포획할 수 있도록 되어 있다(그 밖의 까마귀는 포획이 금지되어 있다). 겨울 철새 떼까마귀 떼가 일부 도심으로 날아와 시민들에게 불편을 준다는 뉴스가 보도되기도 한다. 아무리 영특하다 해도 인간과의 싸움에서 이길 재간은 없기에 상황에 따라 유해하다는 오명을 쓰기도 하지만 까마귀 수의 증가는 생태계가 제대로 기능하고 있다는 뜻이다.

길을 걷다가 까마귀가 흘리고 간 깃털을 발견한 적이 있다. 짙은 어둠이 내려앉은 듯 까만 털에 청록색과 보라색의 광채가 어려 있었다. 까마귀가 나오는 이야기 하나가 생각났다.

모든 새들 가운데 가장 아름답고 우아한 새가 새들의 왕이 되기로 했다. 까마귀는 자신이 못생겼다고 믿고 있었기에 다른 새들이 떨어뜨린 깃털을 주워 몸을 단장했고, 그 아름다움으로 새들의 왕이 될 찰나 주위의 새들이 까마귀의 몸에 꽂혀 있던 털을 죄다 뽑아가 버린다.

왜 그런 이야기가 생겼는지 이해가 가지 않을 정도로 내가 본 까마귀 깃털은 아름다웠다. 주워다 행운의 부적으로 쓰고 싶을 만큼 예뻤다.

까마귀를 바라보며 누군가 불길함을 연상하지 않을까 걱정하는 일은 그만둬야겠다. 까마귀를 덮고 있던 이미지 가운데 부정적인 조각들이 내 안에 남아 있기 때문에 무심결에 그런 염려가 튀어나온 것이라는 생각이 들었다. 사람과 사람 사이도 그렇듯 다른 생명을 대할 때도 편견을 버려야 제대로 된 만남이 이루어지는 거니까. 그렇다면 나는 까마귀를 어떻게 바라보고 싶은 걸까. 내게 까마귀는 어둠 속에 반짝임을 지니고 있는 아름다운 새, 울음소리가 유쾌해서 만날 때마다 기분이 좋아지는 새다. 크고 검은 날개가 머리 위를 펄럭이면 언젠가 가보았던 깊은 산골짜기, 구름 위의 설산이 떠오르고, 동시에 결코 가볼 수 없는 은하수, 신들이 사는 저 하늘 너머의 세계를 자꾸 상상하게 하는 존재. 매일 반복되는 일상이 지루하게 느껴질 때마다 고개를 들어 까맣게 아름다운 신비를 눈에 담게 하는 나의 검은 행복.

후회하고 싶지
않다는 마음

··

어린 시절의 동물들

갑자기 까맣게 잊고 있던 중요한 일이 생각났다. 햄스터 사육장을 거실에서 베란다로 옮겨놓고는 그대로 방치한 지 며칠이나 지났을까. 햄스터가 죽었으면 어떡하지. 놀라서 베란다로 가려는데 진흙탕에 빠진 것처럼 몸이 움직이지 않는다. 버둥거리다 잠에서 깨어난다. 꿈이다. 실제로 햄스터를 키웠던 것은 아주 오래전 일인데 이따금 햄스터가 나오는 악몽을 꿨다.

지금 나는 투명 수조 안에서 쳇바퀴를 돌리는 햄스터가 아니라 집 안을 마음대로 활보하는 고양이들과 함께 산다. 미물일기의 출간이 정해지고 제일 먼저 기원한 것은 '책이 세상에 무사히 나올 때까지 고양이들이 아프지 않게 해주세요'였다. 아무리 중요한 일이 있다고 해도 내 생활의 중심은 언제나 고양이이기에 고양이가 아프기라도 하면 일상의 균형이 금방 무너지고 만다. 그래서 정성을 들여 원고를 쓰는 한편, 여느 때보다 더 마음을 다해 고양이를 돌보고 있다.

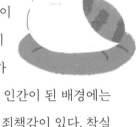

다른 어떤 일보다 고양이를 돌보는 것을 우선으로 하는 이유는 고양이들이 나와 함께 건강하고 행복하게 지냈으면 하는 바람 때문이다. 내가 지금처럼 성실하게 동물을 돌보는 인간이 된 배경에는 과거에 책임을 완수하지 못했다는 죄책감이 있다. 착실한 현재의 생활은 나중에 후회하고 싶지 않다는 마음에서 나왔다. 그 마음 뒤로 악몽의 소재로 등장하곤 했던 햄스터와 그동안 키웠던 동물들의 모습이 보인다.

햄스터는 수의학과가 있는 어느 대학 축제의 경품이었던 것으로 기억한다. 그 대학에 다니고 있던 사촌언니를 통해 우리 집에 오게 됐다. 정글리안 햄스터 암컷과 수컷이었는데 새끼를 여러 번 낳았다. 새끼는 어느 정도 키워서 부모님이 동네 애완동물 가게에 팔기도 하고 아는 사람에게 나눠주기도 했다.

햄스터가 나오는 악몽은 어느 여름날의 사건에 기인한다. 길에서 새끼 길고양이를 데려와 잠시 돌봤는데 고양이가 햄스터를 넘봐서 햄스터 사육장을 베란다 구석으로 옮겨놓았다. 당시 아르바이트로 바쁘기도 했고 고양이를 데리고 병원을 오가느라 정신이 없어 이틀 정도 햄스터에게 밥을 주지 못했다. 새끼 고양이의 귀여움에 반해 햄스터의 존재를 까먹었던 것이다. 사육장에 건사료와 해바라기 씨가 남아 있어 그 사건으로 햄스터가 아프지는 않았지만, 구석에 방치하고 잊었다는 사실이 너무 미안했다. 반복되는 꿈을 통해 그때의 철렁하던 심정을 끝없이 되새기며 반성한 셈이다.

나중에 돌이켜보니 암컷과 수컷을 같이 키운 것부터 잘못이었다. 햄스터는 독립생활을 하는 동물이란 걸 나중에 알아서 이미 수차례 새끼를 낳은 후에야 암수를 분리해서 키웠다. 애완동물 가게에 판 새끼 햄스터들도 모든 개체가 사람 손에서 제대로 사육되며 제 수명을 다하기는 힘들었을 것이다. 3년간의 햄스터 사육이 끝났을 때 내가 느꼈던 것은 아쉬움이 아니라 해방감이었다. 햄스터를 귀여워하며 나름의 애정을 쏟았지만 살아 있는 존재를 책임져야 한다는 것이 내내 부담스러웠고, 더 신경 써서 돌봐야 했다는 후회가 오래갔다.

햄스터는 끝까지 키우기라도 했지 키우다가 포기한 동물도 있었다. 500원짜리 동전만 한 작고 동그란 새끼 청거북(붉은귀거북)을 한 마리 데려왔는데 나중에 손바닥만 하게 커져 강에 방생했다. 말이 방생이지 사실 버린 거였다. 붉은귀거북은 2001년 말 생태계 교란종으로 지정되어 수입이 금지됐다고 한다. 당시에는 생태계 교란종이라는 개념이 희미해서 오직 대자연 속에 남게 된 거북이의 안녕만을 걱정했다. 붉은귀거북이가 생태계 교란종으로 지정되면서 내가 미안해해야 할 대상이 거북이뿐만 아니라 그 지역 생태계 전체라는 것을 알고는 거북이를 강에 풀어준 사실을 평생 비밀에 부치기로 결심했다. 내 인생의 지울 수 없는 여러 오점 가운데서도 큰 점이었다. 고백을 망설였지만, 이왕 고해성사의 기회가 왔으니 생명을 함부로 버리고 생태계를 교란시킨 무책임한 사람으로서의 과오를 진심으로 반성하며 여기에 털어놓는다.

1980~1990년대 대한민국 국민학생이라면 누구나 키워봤을 병아리도 끝까지 책임지지 못했다. 그때는 왜 그렇게 동물을 쉽게 사고팔 수 있게 했는지 아무 제약 없이 동물들을 손에 넣었다. 병아리는 꽤 잘 돌봐 두 번이나 중닭으로 키워냈으나 결국 다 큰 닭을 집에 데리고 있을 수 없어 어디론가 보냈다.

쌀쌀한 봄, 따뜻하게 해주겠다고 병아리를 이불 안에 넣어놨다가 동생이 모르고 밟아 한 마리가 경련을 일으키다 죽은 일도 있었다. 얼마 전, 앨범을 정리하다가 그 병아리를 품에 안고 찍은 사진을 발견했는데 지금 봐도 가슴이 아리다. 금붕어도 상황이 비슷했다. 금붕어가 물 밖으로 튀어나와 죽는다던지 물을 갈아주다 실수로 죽이는 사건이 이어졌다.

좋아하는 마음만 있을 뿐 제대로 돌볼 능력이 없었다. 나의 무지와 실수가 만든 죄책감이 어린 마음에 쌓였다. 무의식에 박힌 기억은 어른이 된 후에 악몽으로 발현됐다. 경제적으로도 정신적으로도 확실히 책임을 질 준비가 된 후, 현재 열여섯 살이 된 나의 첫 고양이를 데려왔을 때 얼마나 다짐했는지 모른다. 앞으로는 생명을 돌보는 것을 모든 일의 우선에 두겠다고. 그 뒤로 내가 할 수 있는 범위에서 최선을 다했다. 열심히 돌보는 일을 지속하다 보니 몇 년 전부터는 어릴 때 키우던 동물이 나오는 꿈을 잘 꾸지 않는다. 시간이 많이 흘러 그때의 감정이 희미해졌다기보다는 마음을 무겁게 했던 죄책감이 성실한 돌봄을 통해 많이 옅어졌다고 믿는다.

만약 기억 속의 동물을 다시 돌볼 수 있는 기회가 주어진다면 이번에야말로 잘 키울 자신이 있는데. 아니다, 그런 기회가 마법처럼 생긴다 해도 정중히 거절해야 한다. 오랜 시간 돌보는 일을 통해 죄책감을 갚아내며 안 사실 때문에. 생명을 돌본다는 것은 보통 일이 아니다. 참아내고 노력하고 기뻐하다 슬퍼하며 삶의 모양이 완전히 달라지기도 한다. "무겁고 무거운 일이기에 그 시작이 쉬워서도 포기가 가벼워서도 안 돼." 어느 누구도 아닌 나 자신에게 하는 말이다.

여름, 우리는
살아 있습니다

···

매미

　　뜨거운 여름, 매미가 맴맴거리며 당신의
안부를 묻는다. "이 여름, 잘 살고 계십니까?" 그리고 자
신의 소식을 전한다. "저는 살아 있습니다. 제 울음이 언
제 그칠지는 모르겠지만 지금 이 순간만큼은 완전하게
살아 있습니다."
　본격적인 더위가 찾아오기 전인 6월 말, 올해 첫 매미
소리를 들었다. 지금까지 궁금하지 않았던 것이 궁금해
졌다. 이 매미는 무슨 매미일까? 매미는 스~~~~~~ 하
고 시원하고 청량하게 울었다. 매미 울음소리를 찾아보
니 다른 매미들보다 빨리 울기 시작하는 털매미였다.

여름을 맞아 반팔 티 두 개를 사고 에어컨 청소를 했다. 소파 커버를 여름용으로 바꾸고 얼음을 잔뜩 얼리면서 단출한 여름 준비를 마치려던 차에 하나를 더 추가했다. 매미의 이름을 공부했다. 종류마다 다른 매미 울음소리를 여러 번 들었다. 쓰름쓰름 우는 쓰름매미. 맴맴 맴맴 매애애앰 우는 참매미. 쓰~~~~~~ 하고 우는 말매미. 쓰암 쓰르르르 쓰암 쓰르르 쓰암 쓰암(이라고 적어보지만 정확히 문자로 표현할 길이 없는) 우는 애매미. 이밖에도 풀매미, 유지매미, 늦털매미 등등. 음감이 좋은 편이 아니라서 울음소리만으로 매미 종류를 척척 알아내는 일이 쉬울 것 같지는 않지만 목표가 생겼다. 매미 소리가 들릴 때마다 '매미가 우네'가 아니라 '참매미가 우네'라고 정확하게 매미의 이름을 불러주고 싶었다.

아빠는 메뚜기나 방아깨비, 잠자리 같은 것을 잡아서 어린 내 손에 쥐어주곤 했다. 아빠의 채집 목록에는 당연히 매미도 포함되어 있었는데, 몸체는 크고 등이 얼룩덜룩해서 징그러웠다. 하필 잡힌 매미가 수컷이어서 갑자기 손에서 큰 소리로 울어대는 바람에 기겁했던 기억도 있다. 이제 막 우화해서 투명한 초록색을 띠고 있는 매미나 매미 허물이라면 모를까, 지금도 살아 있는 매미를 손 위에 올려놓지는 못한다. 크고 까만 눈은 예쁘지만 다른 곤충과 비교했을 때 매미의 생김새가 귀여운 편이라고는 말하지 못하겠다.

비록 외모가 개인적인 취향에 부합하지는 않더라도 나는 매미를 좋아한다. 오랜 시간을 유충으로 땅속에서 살다가 단기간 지상에서 짝을 찾아 번식을 하고 죽는 매미의 생애주기는 긴 기다림 뒤에 맞는 짧은 절정의 이미지로 사람들의 마음을 건드린다. 여름이 되면 나타나는 친숙하면서 반가운 곤충이기도 하다. 매미 울음은 우리가 현재 여름을 통과하고 있다는 것을 알려주는 동시에 지난여름의 기억을 소환하는 그리운 소리. 자칫 소음공해가 될 수 있는 매미 소리에 불평하는 의견에 대해서도 많은 이들이 애잔한 서사를 가진 여름 손님의 노래를 너그럽게 참아주면 안 되겠냐고 반문한다. 더군다나 짝을 찾는 청혼가가 아닌가.

그렇기에 이 곤충은 마치 여름에만 활동하는 가수처럼 다른 곤충에 비해 대중적인 인기를 누리며, 곤경에 처한 매미를 보면 그냥 지나치지 못하는 적극적인 팬

층도 보유하고 있다.

　지난여름, 직박구리 한 마리가 길 위에서 매미를 입에 물고 있었다. 매미는 애절한 비명음을 냈다. 갑자기 아주머니 한 분이 직박구리를 향해 뛰어가니 새는 놀라 날아가고 바닥에는 기운을 잃은 매미만이 남았다. 아주머니는 매미의 날개 한 짝을 잡아 풀밭에 놓아줬다. 어차피 죽어가던 매미였다. 직박구리의 한 끼 식사가 되는 편이 생태계 효율을 위해서도 나았을 것이다. 하지만 나 역시 매미를 좋아하는 한 사람으로서 매미를 향해 달려가는 다급한 발걸음을 마음으로 응원했다. 죽어가는 매미는 많으니 먹이를 놓친 직박구리도 곧 어렵지 않게 배를 채웠을 것이다.

　이제껏 몰랐던 매미에 대한 흥미로운 사실을 몇 가지 알게 됐다. 매미는 종류마다 서식하는 나무가 다르며 우는 시간대도 다르다. 도심에 울음소리가 큰 말매미가 많이 서식하는 이유는 말매미가 좋아하는 플라타너스가 많기 때문이라고 한다. 그래서 집 근처에서 들리는 매미 소리와 숲에서 들을 수 있는 매미 소리가 달랐구나. 종류에 따라 수컷 매미는 한번 울고 나서 자리를

이동하는 경향이 있다는 것도 처음 알았다. 울음소리가 나서 나무를 쳐다보면 매미가 날아가버리는 경우가 많았는데 그럴 때마다 매미가 부끄럼이 많아서 그런 줄 알았지 뭐람. 매미가 밤에 우는 이유를 단순히 빛의 영향 하나라고 생각했는데 온도에도 반응한다고 한다. 그래서 열대야에도 매미가 우는 거라고. 지구가 점점 따뜻해지는 이상기후와 빛 공해로 매미들도 고생이 많다.

여름을 준비하며 매미 소리에 귀를 기울인 성과는 바로 나타났다. 대단지 아파트에서 참매미와 말매미 이외에 다른 매미가 있을까 싶었는데 열어놓은 창으로 들려오는 참매미와 말매미의 웅장한 이중주 사이로 가느다랗게 찌이이이이 하는 전자파 같은 소리를 분간해냈다. 그리고 며칠 뒤 아파트에서 유지매미가 죽어 있는 것을 발견했다. 외계인과 교신이라도 하는 듯한 울음은 바로 유지매미의 소리였다. 유레카!

이 여름, 삶도 극성, 죽음도 극성이다. 매미는 쉴 새 없이 땅속에서 나와 허물을 벗고 울고 짝짓기를 하고 알을 낳은 다음 나무 아래로 떨어져 죽는다. 하늘은 매미 울음소리로, 땅은 주어진 임무를 다하고 고요해진 매미들로 가득하다. 그 속에서 나도 여느 때보다 더 열심히 나무 위에 붙어 울고 있는 매미들을 바라보고, 더 진지하게 땅에 떨어진 매미들을 살핀다. 더 유심히 나무줄기에 달려 있는 매미 허물의 개수를 세며 여름을 나고 있다.

올해도 어김없이, 그리고 고맙게도 안부를 묻는 매미에게 대답한다. "잘 살고 있는지 아닌지는 모르겠지만 지금 이 순간만큼은 매미 소리에 귀를 기울이며 이 여름을 즐기고 있습니다."

미물일기

초판 1쇄 발행 2022년 7월 11일

지은이 | 진고로호
발행인 | 김형보
편집 | 최윤경, 강태영, 이경란, 임재희, 곽성우
마케팅 | 이연실, 이다영
디자인 | 송은비
경영지원 | 최윤영

발행처 | 어크로스출판그룹(주)
출판신고 | 2018년 12월 20일 제 2018-000339호
주소 | 서울시 마포구 양화로10길 50 마이빌딩 3층
전화 | 070-8724-0876(편집) 070-8724-5877(영업) 팩스 | 02-6085-7676
이메일 | across@acrossbook.com

ⓒ 진고로호 2022

ISBN 979-11-6774-052-6 03810

만든 사람들
편집 | 최윤경, 임재희 교정교열 | 오효순 디자인 | 송은비 조판 | 박은진

본 도서는 카카오임팩트의 출간 지원금과
무림페이퍼의 종이 후원을 받아 만들어졌습니다.